먹으면서
먹는 얘기할 때가
제일 좋아

먹으면서 먹는 얘기할 때가 제일 좋아

잠들기 전에 보면 큰일 나는 침 고이는 먹방 에세이

정신우 지음

위즈덤하우스

프롤로그

한때는 잘생긴(에헴:) 푸드스타일리스트이자
요리연구가이자 오너셰프였던 저는
지금은 불혹을 한참 넘긴 '아재'이자
매일 먹고 싶은 것만 생각하는
철없는 암 환자입니다.

어쩌겠어요.
먹으면서 먹는 얘기할 때가
가장 행복한 사람인 걸요.

평양냉면, 삼겹살, 돈가스, 낙지볶음,
치킨, 봉골레파스타, 순댓국, 쌀국수, 꽃게탕,
짜장면, 그리고 커피, 빵….
역시 아재 입맛이라고요? 그럴 리가요.
디저트마저 사랑하는
미식탐험가라고 불러주세요.

세상에 먹을 게 너무 많아서 행복하고
때론 먹지 못해서 슬픈
정 셰프와 함께 별걸 다 먹어봅시다!

목차

**힘들 땐
우선 맛있는 걸
먹어봅시다**

인생은 짧으니까
오늘은
일단 먹고 보자

**잠깐
밥 좀 먹고
올게요**

오늘은 이거 먹고
내일은
그거 먹어야지

정신우 셰프의
이번 생엔 꼭 먹어보자고요

힘들 땐
우선 맛있는 걸
먹어봅시다

1
부

비 오는 날엔 타닥타닥

곰장어

6개월 만에 한국에 돌아왔다. 긴 유럽 일정을 끝내고 다시 한국으로 가는 비행기에서 한 일은 뻔했다. 비행기에서 내리자마자 먹을 음식부터, 앞으로 한국에서 줄줄이 무엇을 먹을 것인지에 대해서만 종일 고민했다. 깊은 고민 덕분에

긴 비행시간은 결코 지루하지 않았다. 고심 끝에 한국에서 먹을 첫 음식을 결정했다.

"사장님, 소금구이 먼저. 양념도 주세요! 아 참, 오이냉 국도요!"

마음이 급했다. 공항에서 후배에게 나오라고 전화를 해 놨는데, 막상 음식이 눈앞에 보이니 맘이 바뀌었다. 녀석이 오기 전에 먼저 세 마리쯤 먹어놓아야지 싶었다. 잘 피워 올린 숯 위에 이미 곰장어가 똬리를 틀고 누워 있었으니까.

"오랜만에 왔네. 난 어디 멀리 간 줄 알았지."

고민도 잠시. 사장님이 다가와 집게 신공을 펼치기 시작했다. 곰장어를 이리저리 돌려가며 괴롭히면 신기하게도 탄 부분 하나 없이 노릇노릇하게 익었다. 가끔 식당 주인들을 보면 태극권을 배운 게 아닐까 싶은데, 곰장어집 사장님도 그중 한 분이다. 남은 감자탕 국물에 밥을 볶아주며 냄비와 국자만으로 회오리를 만드는 이모, 해물찜의 해산물을 유물 발굴하듯 캐내어 현란한 가위질을 보여주는 이모, 돼지껍데 기를 젓가락만으로 휘휘 뒤집어내는 사장님 등 시간과 경험이 만들어낸 절대적 신공이다. 덕분에 곰장어는 아주 최상의 컨디션으로 내 입안으로 직행할 준비를 마쳤다.

"제대로다! 이거지 이거!"

찬 소주를 바싹 마른 목구멍으로 넘기면 이제 곰장어 차례다. 거뭇한 숯 향기가 코끝에 들러붙었다. 음미할 새도 없었다. "아따, 타면 맛 없응께 언능 처먹어!"라는 사장님의 재촉에 곰장어는 꼬리부터 모습을 감췄다. 잘 구워진 곰장어를 넙죽넙죽 받아먹다 보니 오늘도 절로 애주가가 되었다.

그래, 이런 것이 그리웠다. 그리 긴 시간은 아니지만 외국에 있는 반년 동안 우리 음식이 숱하게 생각났다. 다행히 한인 마트나 중국인 상점에서 비슷한 식자재와 제품을 살 수 있었다. 하지만 곰장어는 어디에도 없었다. 장어가 없는 것이 아니었다. 비 오는 저녁, 골목길을 가득 채운 장어 굽는 연기와 노랗게 번진 실내등, 작은 테이블에서 오가는 취기 어린 언성의 대화들, 슬그머니 테이블 밑으로 내려놓은 소주병들이 발길질에 부딪히며 내는 소리…. 내가 사랑하는 삶의 맛이 외국에는 없었다.

사실 우리나라 사람들이 처음부터 장어를 잘 먹었던 것은 아니다. 조선 시대 문헌을 보면 장어의 뱀 같은 모습에 식용을 꺼렸다는 사실을 알 수 있다. 주로 부산에 거주했던 일본인이 장어를 찾았는데, 충무동 어시장 좌판에서 장어를 사고팔았다고 한다. 이곳이 현재 부산 자갈치시장의 전신이다. 그래서 자갈치시장에는 아직도 곰장어 골목이 있다.

　　내가 즐겨 찾는 장어집은 '공평동곰장어'와 용산의 '곽대리곰장어', 논현동 '토영숯불곰장어'다. 제각기 연탄불, 숯불, 짚불 등 사용하는 불의 종류와 화력이 다르다. 양념도 다르고 비법도 다르다. 꼬물대서 '꼼장어(곰장어)'라 불리고 바닷속 눈먼 장어라서 먹장어라 불리는 이름 많은 장어처럼, 굽는 방법에 따라 맛 또한 다르다. 짚불에 구우면 슬쩍 태운 볏짚의 풋내가 곰장어의 기름과 맞물려 향이 구수해진다. 여기에 좋은 소금을 쓰면 생선 살에 단맛이 돈다. 숯불을 피워 석쇠에 구울 때는 절대 태우지 않도록 조심해야 한다. 깨끗이 손질해서 술에 재운 곰장어가 꼬들꼬들하게 구워지면 지체하지 않고 곰장어를 집어올려 소금을 섞은 참기름장에 찍어 먹는다. 이때 기름장을 살짝만 찍어야 한다. 기름이 번질대면 이미 이 판에선 곰장어 하수가 되고 만다. 씹으면 씹을수록 꼼장어의 즙이 배어난다. 향이 꼬숩기가 이루 말할 수 없다. 살점 한가운데 박힌 심지(장어 힘줄)는 마늘과 초장을 얹고 깻잎에 싸서 먹는다. 회가 부럽지 않은 맛이다. 양념장어는 맥주와 입가심으로 먹는다.

굽는 방법도, 양념도, 비법도 다른 장어집이지만 모든 가게에 적용되는 한결같은 법칙이 있다. 비 내리는 저녁이면 작전이라도 짠 듯 곰장어집마다 문전성시를 이룬다. 타닥, 타닥! 곰장어 구워지는 소리가 자리를 기다리는 손님들의 우산 속으로 파고든다. 곰장어집 안에 있는 사람들은 불판에서 눈을 떼지 못하고, 밖에서 기다리는 사람들은 곰장어를 먹고 있는 사람들에게서 눈을 떼지 못한다.

후배를 기다리는 동안, 한 젓가락에 곰장어를 세 점씩 집어 먹으며 나는 곰장어집에서 누릴 수 있는 최고의 호사를 만끽했다. 그렇게나 먹고 싶었던 곰장어를 먹으면서도 나는 2차로 무엇을 먹을지 고민했다. 세상에서 제일 행복한 고민이다. 삶을 위로하는 게 별것인가. 맛있는 음식을 나누어 먹을 벗이 있고, 더 맛있는 음식이 기다리고 있다는 기쁨이야 말로 행복이자 희망이다.

어머니의 겉절이,
할머니의 나물

음식을 막 배우고 나서의 일이다. 외할머니 집에 놀러 가서는 뜬금없이 저녁상을 내가 차려보겠다고 했다. 요리 솜씨를 자랑하고 싶었거나 손자가 차린 밥상으로 할머니께 효도하고 싶었나 보다. 아니면 둘 다 해당할 수도 있겠다.

나는 호기롭게 할머니의 부엌에 입장했다. 한데 할머니의 부엌에서 나는 몹시도 곤란해졌다. 부엌이 작은 건 알았지만 찬장의 양념들이 초라해도 너무 초라했다. 간장, 된장, 고추장, 소금, 설탕, 통깨, 들기름 약간. 이게 전부였다.

"할머니, 굴소스 없어요? 맛술은? 왜 마요네즈가 없지? 식초도 없는데?"

"아이고, 우리 강아지, 뭘 만들라고 그러누?"

나이를 먹을 만치 먹은 커다란 강아지는 불고기와 잡채, 과일을 마요네즈에 버무린 '사라다'를 만들려고 했다.

"시골엔 거시기가 없응께, 대충 있는 걸로 밥 차려 묵자잉. 쪼까 들어가 있으라."

할머니는 앞밭에 나가 주섬주섬 몇 가지 채소를 주워오더니 슬금슬금 나물을 무쳐냈다. 된장국도 어느새 한 냄비 가득 뚝딱 끓여졌다. 가마솥밥 위에 얹힌 '스댕' 대접 안에는 계란찜이 보글보글 끓고 있었다. 때마침 귀가한 막냇삼촌이 밥상을 차렸다. 부엌에서 애꿎은 찬장 문만 여닫으며 절절매던 내 앞에 할머니의 밥상이 순식간에 차려졌다.

할머니의 나물은 지금까지 먹은 나물 중에 최고였다. 찬장 안에 있는 양념으로 이 맛을 냈다니 믿기 어려웠다. 아무리 무치고 무쳐도 내 손에서는 이 맛이 나오지 않았다. 도대체 무엇이 맛있는 나물을 만드는 것일까?

한때는 나물 손맛이라는 게 여자에게만 있는 게 아닌지 의심하기도 했다. 손맛이 조금 무딘 편인 어머니마저도 겉절이만큼은 최고였기 때문이다. 어머니는 봄이 되면 텃밭에 여러 가지 채소를 심었다. 서울의 흙은 비옥하지 못하다며 동네 한의원에서 얻은 약재 찌꺼기를 밭에 뿌리기를 몇 해째. 어머니의 손이 닿을수록 채소의 맛은 날로 좋아졌다. 수확한 채소로 무쳐낸 나물과 겉절이는 역시나 맛있었다. 어머니가 흙에 뿌린 정성 때문인지, 어머니는 겉절이 앞에서만큼은 고수의 솜씨를 뽐냈다.

텃밭이 생긴 뒤로는 밥상에 늘 채소가 올랐다. "대한민국에서 우리 나 여사 겉절이가 제일 맛있다!"는 아버지의 말 한마디 때문일지도 모른다. 어머니는 매일 텃밭에 나가 상추를 한 소쿠리 가득 따 왔다. 저걸 다 먹을 수 있을까 싶을 정도로 식탁에 산처럼 쌓인 상추겉절이는 한 번도 남은 적이 없었다. 무더운 여름에도 부모님 두 분 모두가 잘 주무시는 데는 이유가 있었다.

조선 말기 조리서인 『조선무쌍신식요리제법』에는 두릅나물 조리법이 나온다. "생두릅을 물러지지 않게 잠깐만 데쳐 약에 감초 쓰듯 어슷하게 썰어놓고 소금과 깨를 뿌리고 기름을 홍건하도록 쳐서 주무르면 풋나물 중에 극상등이요, 싫어하는 사람이 없다. 많이 먹으면 설사가 나므로 조금만 먹는 것이 좋다." 맛을 내는 비법은 간단했다. 재료의 특성을 생각하고 양념을 적당히 쓰는 것이었다. 가만히 생각해보면 맛있었던 나물은 양념이 언제나 모자란 듯했다. 손바닥에서 나물이 춤을 췄을지라도 손등이 모르게 살살 들어올려야 한다. 미운 사람 주무르듯 손에 힘을 주면 나물의 숨이 죽고 즙이 빠져버린다. 나물은 입으로 들어가 몸에서 나올 때까지 그 향기를 잃지 않아야 나물인 것이다.

나물은 익혀서 무친 숙채와 날로 무친 생채로 나뉜다. 향이 강한 산나물은 말려서 쓰기도 하고 약으로도 쓴다. 들에서 자란 나물은 대체로 억세고 맛이 강하다. 그래서 오래 삶아서 쓰거나 볶아서 먹는다. 호박잎, 양배추 잎 같은 채소는 밥을 지을 때 함께 쪄서 쌈으로 즐기기도 한다. 요즘에는 소금이나 간장만으로 짜지 않게 무친 나물이 대세지만, 나물마다 된장, 고추장 등 어울리는 양념이 따로 있다.

내가 생각하는 또 하나의 맛은 그릇이다. 한때는 푸드스타일리스트였기 때문에 어쩔 수가 없나 보다. 조물조물 완성한 나물은 옹기나 놋그릇에 놓이는 순간, 나물 반찬에서 요리가 된다. 신기하게도 백자에 담긴 나물은 그 맛이 도망가지 않는다고 한다. 밤새 술잔을 기울이던 옛 선비의 시름을 달랠 만한 의리 있는 그릇이다.

이제 칠순을 넘긴 어머니의 겉절이는 간이 맞지 않는다. 나는 그런 어머니를 대신해 겉절이를 무친다. 어머니는 매번 심심하다고 타박하지만, 이 맛이 지난날 내가 먹고 자란 어머니의 간이다. 어머니가 수십 년 동안 지켜왔던 딱 맞는 간에는 텃밭 채소로 밥상을 채우던 바지런한 기운과 가족을 향한 응원이 담겨 있다. 가끔 어머니의 겉절이가 그리운 이유다.

먹어보기 전까지는
모르는

된장김치찌개

쿠킹클래스에 모인 사람들이 갑자기 웅성거리기 시작
했다. 다들 내가 못 미더운 듯 고개를 내젓거나 손사래를 쳤
다. 이 사달은 내 말 한마디에서 비롯되었다.

"김치찌개에 된장을 조금 넣어주세요."

나는 목이 까끌까끌할 정도로 다양한 김치찌개를 소개하던 중이었다. 돼지고기김치찌개, 꽁치통조림김치찌개, 참치김치찌개처럼 익숙한 음식이 나올 때면 모두 고개를 끄덕였다. 하지만 조금이라도 기본 방식을 벗어나면 믿을 수 없다는 눈치였다.

"선생님도 참… 김치찌개는 묵은지랑 삼겹살이랑 볶아서 멸치 국물 붓고 온종일 끓이면 돼요."

"그거야 묵은지가 있을 때 얘기죠. 일반 배추김치는 그걸로 부족하거든요. 숙성된 된장이 찌개의 국물 맛을 깊어지게 해요."

나보다 요리 선배인 어머님들은 저마다의 레시피를 가지고 있다. 특히 김치는 지역마다 집안마다 재료와 양념의 절대 비율이 존재한다. 집안을 대표하는 김치로 평생 가장 많이 만들어왔을 요리 중의 하나가 아마도 김치찌개일 것이다. 어머님들의 김치와 김치요리 레시피가 여간해서 쉽게 바뀌지 않는 것도 이해가 간다.

내가 김치찌개에 아무리 뭘 넣으라고 해도 김치찌개의

최고 궁합은 6개월 이상 숙성된 묵은지와 돼지고기다. 돼지에 붙은 기름이 쿰쿰하게 익은 김칫국물과 어울려 칼칼하고 구수한 맛을 낸다. 돼지와 김치가 볶아지면서 냄비 한편에 벌건 고추기름이 솟아오른다. 숭덩숭덩 썬 대파와 다진 마늘을 추가할 때다. 오래 익히면 고기는 부들부들해지고 김치는 살캉거린다. 갓 지은 흰 쌀밥에 찌개 국물 한 숟가락을 뿌린다. 톡톡한 쌀알 가득 시큼하고 고소하고 매콤한 찌개 국물이 흠뻑 스민다. 이제부터는 숟가락과의 전쟁이다. 이것만으로 충분하지만, 따끈한 달걀말이 한 접시를 곁들인다면 나는 12첩 수라상이 부럽지 않다.

평생 기억에 남는 김치찌개는 뜻하지 않은 곳에서 만났다. 오래전 목포에서 배를 타고 제주항에 내린 적이 있다. 아무 데나 들어가 김치찌개를 시켰다. 보통 어부들이 식사하는 식당이었다. 뭍사람이 신기했던지, 주인아주머니는 젊은 여행자인 나를 살뜰히 챙겼다. 묵을 곳과 구경거리, 하물며 일할 곳도 소개해줬다. 여러모로 참 고마운 분이었다. 그러나 가장 고마운 것은 그날 내가 주문한 김치찌개의 맛이었다. 훗날 누군가가 나에게 인상적인 김치찌개를 물어올 때마다 단연코 이 집을 꼽을 정도였다.

찌개에는 김치보다 돼지고기가 더 많았다. 고기가 부위별로 다양하게 들어가 있었다. 아주머니는 '모퉁이살'을 넣어 끓였다고 했는데, 그것이 어깨 살과 항정살 등의 특수 부위를 일컫는 말임을 한참 지나서야 알았다. 돼지고기는 물론 맛있기로 소문난 제주 돼지였다. 김치도 남달랐다. 전라남도 해남 출신인 아주머니가 담근 김치였으니 더 이상 설명하지 않겠다.

제주도로 시집와서 40년째, 아저씨는 뱃일을 하다가 바다에서 돌아가셨고 아주머니는 먹고살기 위해 찌개집을 열었다고 했다. 안타까운 건, 나는 이 가게의 이름을 모른다. 오래전 일이라서 기억하지 못하는 게 아니다. 간판도 없이 유리창에 '찌개집'이라고 쓰여 있는 게 다였기 때문이다. 사람들은 이 집을 뭐라고 불렀을까? 아주머니 이름으로 불렀을까, 아들딸 이름으로 불렀을까?

어느 날, 토마토를 넣은 김치찌개를 선보였던 적이 있

었다. 학생들 눈앞에서 김치찌개에 토마토를 풍덩 넣어 끓였더니 토마토만 빼놓고 먹는 사람이 많았다. 몇몇은 과일과 김치가 잘 어울리지 않는다고 했다. 그래서 토마토는 과일이 아니라 채소이고, 토마토의 신맛이 김치찌개의 신맛을 부드럽게 만들어준다고 설명했다. 또 다른 어느 날, 똑같이 토마토를 넣고 김치찌개를 끓였다. 다만 이번에는 토마토를 몰래 넣었다. 그릇에 덜어줄 때도 찌개만 담아서 토마토를 감쪽같이 숨겼다. 반응은 이랬다.

"어머, 역시 셰프님 맞으시네. 김치찌개인데 맛이 고급스러워요."

가끔은 모르고 먹는 게 속 편할 때도 있다. 결론은 김치찌개는 변화무쌍하다는 것, 그리고 내가 끓인 된장김치찌개도, 토마토김치찌개도 나름 맛있었다는 것이다.

된장김치찌개

재료

익은 김치 1/5포기, 돼지목살 1/2근, 대파 1대,

청양고추 1개, 김칫국물 1/3컵, 고춧가루 1큰술,

양파 1/2개, 두부 1/4모

고기 양념

재래된장 1작은술, 맛술 2큰술, 다진 마늘 1큰술,

조선간장 1작은술, 참기름 약간, 후춧가루 약간

찌개 육수

물 4컵, 시판 해물다시팩 1개

만들기

1. 먼저 국물을 내셔야죠. 요즘은 해물다시팩, 멸치팩 등 다
양한 제품이 나와 있어서 편해요. 제품마다 조리법을 보고
국물을 만들어두세요.

2. 이제 고기에 양념을 합니다. 고기 양념이 핵심이니까 집
중하세요. 돼지목살에 먼저 재래된장이랑 조선간장을 넣고
조물조물, 마늘, 맛술, 후춧가루를 넣고 또 조물조물, 고춧가
루 뿌리고 참기름 넣고 또 조물조물해서 10분간 뚝배기에

재워둡니다.

3. 김치는 속대를 털어내고 김칫국물을 따로 준비해요. 고추는 어슷하게, 양파는 슬라이스로, 두부는 네모나게, 대파는 송송 썰어줍니다.

4. 이제 뚝배기를 달구고 고기를 볶다가 고기가 익으면서 색이 변하면 김치와 양파를 넣고 양파가 말랑해질 때까지 달달 볶아주세요.

5. 육수의 절반을 넣고 센 불에서, 꼭 센 불에서 30분간 팔팔 끓여주세요. 이때 국물 위로 뜨는 거품은 다 걷어내세요!

6. 나머지 국물을 다 붓고 뚜껑을 닫고 약한 불에서 1시간 동안 끓여요. 김치가 완전히 말랑해지면 두부, 파, 고추를 넣고 불을 탁 끄고 뚝배기째 밥상 위에 턱 내놓으세요.

7. 이제 이거 드시고 쓰러지면 됩니다. 이거 먹고 안 쓰러지면 여러분은 찌개 맛을 모르는 거예요…….

미안하고
이기적이고 맛있는

생선구이

　　냉장고에 고등어 한 마리를 넣어두면 세상의 고민을 다 짊어진 듯 생각이 많아진다. 포일에 감싸서 쩌내듯 구울까, 아니면 올리브오일과 레몬즙, 술을 뿌려서 서양식으로 구울까? 이것은 단지 고등어를 맛있게 먹기 위한 고민이 아니다.

비린내에 민감한 아내에게 민폐를 덜 끼치고 싶은 마음에서 시작된 고민이다. 물론, 이 고민 속에 맛에 대한 지분이 아예 없다고도 할 수 없다. 생선은 먹고 싶고, 아내에게 조금이라도 덜 미안하고 싶은 나의 이기적인 배려다.

온갖 도구와 재료를 동원해서 요란하게 생선을 굽는다. 연기가 별로 나지 않았기 때문에 냄새도 거의 없는 것 같다. 성공이다. 맛있게 굽는 것도 역시 성공이다. 하지만 공기청정기는 알고 있다. 폭발할 듯 굉음을 내며 멈출 생각을 하지 않는다. 공기청정기 소리 때문인지, 아내의 폭발할 듯한 잔소리가 잘 들리지 않는다. 눈앞에 놓인 갓 구운 생선과 흰밥만 보인다. 지금은 이 모든 것을 감수하고서라도 매일 생선을 굽고 싶을 만큼 행복하다.

집에서 매일 생선을 먹을 수 없는 노릇이니 가끔 맛있는 생선구이를 배불리 먹고 싶을 땐 속초에 간다. 굳이 생선구이 때문에 속초까지 가나 싶지만, 이제는 속초까지 2시간 남짓이면 거뜬한 시대다. 가는 김에 콧바람도 쐬고 일거양득이다.

내가 사랑하는 '88생선구이'에서 모둠생선구이를 주문한다. 철마다 다른 생선이 섞여 다양한 생선을 즐기기엔 최고의 메뉴다. 숯불에서 생선이 익어간다. 집에서 생선을 구울 때마다 받았던 타박, 좋아하는 생선조차 배불리 먹지 못하는 설움이 모두 사라지는 냄새다. 맛있는 찬과 밥 한 공기를 놓고 생선 살을 음미한다.

서울에서 모둠생선구이라고 하면 고등어, 삼치, 꽁치 정도가 전부다. 이를 대한민국 3대 생선으로 분류하기도 한다. 제주로 내려가면 갈치와 옥돔이 나오고 남해 정도 가야 볼락이나 전갱이까지 섞어서 먹을 수 있다. 그나마도 생선이 귀해진 요즘에는 국내산을 찾기가 어렵다. 고등어는 노르웨이, 삼치는 칠레나 대만, 꽁치는 냉동이다. 수입 생선이 나쁘다는 것이 아니다. 다만, 우리 바다의 물고기가 귀해지면서 생선이 금값이 된 현실이 서글프다. 제주에 가서도 제주산 갈치조림이나 구이를 선뜻 주문하기 어렵다. 갈치 한 마리를 먹으려면 렌터카에 가득 채운 기름값 이상의 값을 치러야 한다.

생선이 이리 비싸지면 문제는 또 있다. 멸치도 덩달아서 가격이 오른다. 이대로 가다가는 멸치로 국물을 낸 잔치국수나 된장국도 일상적으로 먹기 힘들어질지 모른다. 힘들게 자반고등어를 팔아서 자식들을 먹이고 입히고 학교에 보낸 어머님들의 노고가 이제는 옛말이 될 수도 있는 것이다.

"고갈비 하나, 막걸리 한 주전자요!"

지금은 화재로 소실된 종로 피맛골 거리에는 밤마다 젊은 학생과 직장인이 빼곡히 자리를 채웠다. 바닥에는 흥건하게 쏟아진 막걸리가 군데군데 웅덩이를 이루었다. 시큼한 막걸리 냄새를 지울 만큼 생선의 기름진 냄새가 진동했고, 취객들 앞에는 너 나 할 것 없이 자반고등어구이가 통째로 놓여 있었다. 지금은 고등어 대신 조금 더 싼 임연수어로 품목이 바뀌었지만, 당시에는 고등어를 통째로 들고 뜯어 먹는 고등어 갈비야말로 가난한 청춘이 누리는 사치였다. 바로 옆에는 실내 야구장이 있었는데 얼큰하게 술이 취하면 너도나도 야구선수가 되어 타석에 올랐다. 야구장 사장님이 인사동에 수십 채의 건물을 가지고 있다는 소문이 날 정도로 고갈비집과 야구장은 그 누구도 지나칠 수 없는 음주 코스였다. 고등어를 팔아서 건물을 사고, 야구장을 운영해서 건물주가 되는 소박한 꿈이 있던 20대의 기억이 이제는 점점 아득해지기만 한다.

어머니 말에 따르면 나는 어렸을 때부터 꽁치 한 마리를 게 눈 감추듯 먹어치웠다고 한다. 등 푸른 생선이라면 사족을 못 써서 집을 나가도 고등어 한 마리로 돌아오게 할 수 있을 것 같았단다. 가을의 끝 무렵이면 잘 익은 고등어의 기름진 뱃살을 꼭 먹어야만 했던 나는 가끔 바닷가에서 사는 날을 상상하곤 한다.

그날그날 바다에서 건져 올린 싱싱한 생선을 산다. 어느 날은 타닥타닥 참숯불에 그을려 먹고, 또 어느 날은 한 치의 사정도 봐주지 않을 만큼 뜨거운 연탄불에 올릴 테다. 두꺼운 무쇠 팬에 슬쩍 콩기름을 두르고 자글자글 튀기듯 구워내도 좋겠다. 잘 구워진 생선 한 마리와 쌈 채소, 견과류를 빻아 넣은 쌈장까지 내가 좋아하는 한 상을 차린다. 이제 생선 살과 뼈를 발라내어 한 점 두툼하고 크게 젓가락으로 집는다. 고추냉이를 듬뿍 푼 간장에 푹 찍어 입속에 넣으면 그 맛은 마치….

"탁!"

만족할 만큼 환기가 되었는지 아내가 창문을 닫는다. 하 필이면 생선 살을 입속에 넣는 순간이었기에 맛에 대한 감 상은 다음으로 미루겠다. 내 설명을 백번 듣는 것보다 오늘 저녁 메뉴로 생선구이를 추천한다. 집에서 구울 것인지, 나 가서 먹을 것인지는 꼭 아내와 상의하시길.

봉골레파스타를
잘 만드는 법

밤마다 돌고래와 수영하는 꿈을 꾸던 시절이 있었다. 영화 〈그랑블루〉를 사랑하던 20대 청춘의 밤이었다. 영화 속 지중해의 심연에 매료된 나는 온통 파란색으로 물든 영화 포스터를 샀다. 그로부터 매일 밤, 지중해의 파란 바다와 돌고래가 꿈속으로 찾아왔다.

뤽 베송 감독의 영화 〈그랑블루〉는 프리다이버인 엔조와 자크의 이야기다. 둘의 우정과 사랑, 몽환적인 영상미, 초현실적인 결말이 아직까지도 많은 이들에게 회자되곤 한다. 하지만 이 영화는 내게 인생 최고의 파스타를 알려준 영화다.

파스타, 아니 스파게티라고 하면 토마토스파게티가 전부였던 때였다. 자크와 그의 연인 조안나가 시칠리아의 바닷가 식당에서 먹던 스파게티에는 토마토가 보이지 않았다. 파스타를 그냥 물에 삶아낸 것처럼 싱거워 보이는 색이었다. 소면처럼 얇은 면에 소스도 없이 조개만 듬뿍 들어간 모습이 낯설기만 했다. 영화 속 조안나는 그 허연 파스타를 두 접시나 먹어치웠다. 올리브오일에 조개를 넣어서 만든 봉골레파스타였다.

몇 해가 지나 〈그랑블루〉의 배경이 된 시칠리아 섬에 갔다. 들뜬 마음을 안고 타오미나 광장에서 무작정 해변으로 갔다. 언덕 사이로 보이는 해산물 레스토랑에 들어갔다. 그리고 고민할 것도 없이 봉골레파스타를 주문했다. 자크와 조안나가 먹었던 바로 그 메뉴다.

파스타에는 모시조개는 물론 지중해 지역의 홍합과 여러 종류의 조개들이 푸짐하게 들어 있었다. 올리브오일에 녹아든 이탈리아고추 페페론치니의 매콤함, 방금 다진 신선한 파슬리의 향, 갓 짜낸 레몬즙의 산미가 기막히게 어우러졌다. 면은 생각보다 거칠었지만 그 느낌마저 정겨웠다. 곁들여 나온 치아바타는 생토마토의 과육과 마늘즙을 발라 구운 것이었다. 이 빵을 짭조름한 봉골레 국물에 적셔 먹으니 그 맛 또한 환상적이었다. 역시, 조안나가 두 접시를 먹을 만한 맛이었다.

이 맛을 본 뒤로 나는 봉골레파스타를 잘 만드는 레스토랑이 진짜 맛집이라는 신념이 생겼다. 그리고 봉골레파스타를 포함한 지중해 음식들이 내 인생의 변곡점을 만들어주기에 이르렀다.

지중해 음식은 자연에서 얻어진 것을 크게 꾸미지 않는다. 자연스러운 맛과 건강함을 추구한다. 이것이 이탈리아 요리학교에서 얻은 최고의 교훈이다. 비록 단기 연수였지만, 이탈리아 셰프들이 자연과 음식을 대하는 자세와 노력을 배울 수 있었다. 재료를 채취하는 과정을 생각하고 요리하는 내내 음식을 먹는 사람의 건강과 미래까지 생각한다. 좋은 환경에서 얻어지는 자연의 산물이야말로 바른 먹거리라는 그들의 신념이 한 그릇에 고스란히 전해진다. 그것이 지중해의 맛이다.

하루는 이탈리아 요리학교 셰프에게 질문을 했다.
"셰프, 맛있는 봉골레파스타란 무엇일까요?"
셰프는 대답 대신 내게 질문을 던졌다.
"다니엘, 너에게 맛있는 밥이란 어떤 거야? 똑같은 것 아닐까?"
나에게 맛있는 밥이란 햇살과 바람을 맞고 자란 좋은 쌀을 구하는 것에서부터 시작된다. 쌀을 정성껏 씻어 물과 불과 시간을 조절하여 뜸까지 들이면 만족할 만한 밥이 완성된다. 좋은 재료, 기본에 충실한 조리법, 그리고 정성이 들어간 맛이다. 셰프가 내게 전하고 싶었던 의미 또한 이 '기본'일 것이다.

봉골레파스타를 먹으며 오늘은 엔조를 떠올린다. 엔조처럼 파스타 한 접시로 활기를 품어본다. 조금 부족한 인생이면 어떠한가? 그 부족함을 채워주는 영화가 있고 맛이 있고 추억이 있는데.

세상의 모든 며느리는 소갈비를 좋아합니다

그날 저녁도 아내의 손을 꼭 잡고 공덕 오거리로 향했다. 고기 중에서도 특히 돼지갈비를 좋아하는 아내를 위해 단골 돼지갈비 식당을 찾았다. 지글지글 익어가는 돼지갈비 앞에서 조용히 맥주 몇 잔을 비운 아내가 나지막하게 이야기했다.

"오빠, 내가 좋아하는 갈비는 소갈비예요."

이상하다. 내가 아는 아내는 돼지갈비를 좋아했었는데…. 그러고 보니 아내와 소갈비를 먹으러 간 적이 있었던가? 내 주머니가 가벼웠던 만큼 소갈비값이 무겁게 느껴졌을까? 아내의 뜻밖의 고백에 기억이 뒤죽박죽되었지만, 한 가지는 분명했다. 나는 친구들과의 술자리에서는 대장부인 양 시도 때도 없이 카드를 꺼내 들었던 사람이다. 알게 모르게 술값보다는 밥값이 나중이었을 수도 있고, 가족보다 친구가 먼저였을 수도 있다. 결국 나는 아내가 좋아하는 음식이 무엇인지도 모르는 남편이었다.

"그래요. 우리 앞으로는 소갈비 먹고 살아요."

그래서 약속을 지켰다. 아내를 데리고 수원에 있는 '가보정갈비'에 갔다. 우리나라에서 소갈비라고 하면 포천 이동갈비, LA 갈비, 수원 왕갈비가 대표적인데, 갈비 맛으로 유명한 수원에서도 3대 갈빗집 중에 하나인 곳이다. 뜻밖에도 아내는 역정을 냈다. 왜 이 집을 이제야 데리고 왔느냐고 했다. 나름 단골집인데 아내와는 한 번도 온 적이 없는 곳이었다. 아내가 아닌, 수많은 지인과 동료와 친구와 선배와 함께 나는 이곳을 수없이 들락날락했을 것이다. 땀을 뻘뻘 흘리며 앞으로는 기념일마다 아내와 이곳에 오기로 약속하고서 우린 소갈비구이를 마음껏 즐겼다.

갈비를 먹을 때면 어김없이 예민해지는 순간이 있다. 갈빗대 때문이다. 불판 위에 남은 갈빗대를 유심히 보면 유독 살이 넉넉하게 붙은 녀석이 보인다. 영화의 한 장면처럼 그 한 놈이 선명하게 눈에 들어온다. 고기를 자르면서 살을 제법 두툼하게 남겨준 아주머니에게 감사한 순간이다. 갈비를 뼈째 들고 씹는 기분이야말로 뒷담화보다 즐겁다는 걸 알기 때문이다. 하지만 오늘의 갈빗대는 아내에게 바쳤다. 갈비를 남기고 오거나 누군가에게 갈빗대를 양보한 날이면 밤새도록 고기 한 점, 갈빗대 한 대가 눈에 아른거리지만, 괜찮다. 갈비는 한번 의식하고 나면 지워지지 않는 마법의 고기지만, 상관없다. 사랑하는 아내를 위해서라면 내 갈빗대도 아깝지 않은데 소 갈빗대 정도야 얼마든지 양보할 수 있다.

그날은 유독 그랬다. 그래야만 하는 게 당연했다.

그러고 보면 내 배 속에 들어간 갈비만 해도 어마어마한 양일 것이다. 한때는 고기를 좋아하고 고기에 관해서라면 국가대표급 지식과 먹성을 자랑하는 이들이 모여 고기 동호회를 결성했다. 육식 선수들에게 회식이란 1차도 2차도 3차도 고기였다. 우리는 한 명도 빠짐없이 생갈비를 선호했다.

"양념은 애들이나 먹는 거지. 갈비는 역시 '생'이다!"

고기가 구워지면 현장은 그야말로 정글이 된다. 약육강식 세계의 하이에나 무리가 따로 없다. 갓 구워진 갈비 한 점을 씹는 순간 인생은 살아볼 만하다고 외치다가도 금세 눈빛이 바뀐다. 단 한 점이라도 내 것인 갈비에 손을 대는 종자는 용서하지 않는다. 아마도 이런 무리들 때문에 소갈비를 구워주는 분이 따로 있나 싶다.

어버이날을 맞아 효도 한번 하겠다고 우리 부부는 부모님과 함께 수원에 갔다. 나만 단골이었다가 이제는 아내도 단골이 되어가는 소갈비 식당에서 어머니가 의아해했다.

"난 우리 며느리가 돼지갈비를 좋아하니까 돼지갈비 먹으러 가는 줄 알았지."

어머니, 어머니의 며느리는 소갈비를 좋아합니다….

아주 가끔은 주머니를 열지 않으면 마음도 열리지 않는다. 세상의 모든 시어머니와 남편은 며느리와 아내에게 소갈비를 사주어야 한다…고 나는 생각한다.

누군가의 고기 취향을 따지는 건 나중 문제다. 내가 먼저 지갑을 열어 대접하는 자세가 먼저다. 가만 보면 고기 싫다는 사람, 주변에 그리 많지 않다. 사랑받고 사는 일, 그리 어렵지 않다.

짜장면 이야기라면

밤을 새울 수도 있거든요

내 나이에 짜장면에 얽힌 추억 하나 없는 사람은 드물
것이다. 추억이 없다면, 어린 시절에 짜장면을 너무 많이 먹
어서 질렸다거나, 본래 면을 좋아하지 않는 사람일 것이다.
아니면 짜장면과의 추억이 없는 결정적 이유가 추억일 수도

있겠다. 반대로 나처럼 짜장면을 좋아하는 사람이라면 짜장면이 기쁨과 슬픔을 함께한 친구 같은 음식일 수도 있다.

우리 집에서는 좋은 일을 축하하고 의미 있는 날이면 짜장면을 먹었다. 나는 이유를 막론하고 시도 때도 없이 짜장면을 먹었다. 어쩌면 친한 친구보다도 내 인생에 먼저 들어와 희로애락을 함께했다. 그래서 내겐 짜장면이 그저 한 그릇의 면 요리가 아니라 나를 가장 가까이에서 지켜본 산증인이기도 하다.

고등학교 연극반에는 해마다 전통이 있었다. 신입부원이 들어오면 졸업한 선배를 불러 상견례를 했는데 장소는 언제나 중국집이었다. 가장 연장자인 선배가 후배들에게 오늘은 선배들이 사는 자리니까 마음대로 시켜 먹으라고 했다. 따뜻한 전통이라며 감동할 때쯤, 선배가 한마디를 덧붙였다.

"난 짜장!"

함정이었다. 선배가 외치는 '짜장'이란 단어에서 자연스럽게 연극부원의 서열을 정리할 줄 알아야 했다. 동시에 내 서열에서 주문할 수 있는 메뉴를 가늠하는 능력이 필요했다. 상급 학년은 당연히 주문하는 메뉴의 후폭풍을 알고 있었지만, 이제 갓 연극반에 발을 디딘 신입생은 이 개념을 알 리 없었다. 졸업생 이상은 탕수육에 잡채밥, 짬뽕 국물에 소주까지 허용됐다. 고3은 짜장면, 짬뽕 볶음밥에 군만두까지 주문할 수 있었다. 그 이하는 짜장면이나 짬뽕이어야만 했다. 그것도 오직 기본으로만.

"전 탕수육이요!"

삽시간에 중국집에 정적이 흘렀다. 눈치 없는 신입생의 한마디로 저주의 서막이 열렸다. 재앙은 당장 상견례 당일부터 시작되었다. 식사가 끝나고 선배들은 잘 먹었다며 유유히 사라졌다. 거짓말이라고 믿고 싶었지만 식대는 1학년 신입생의 몫이었다. 얼마 되지 않는 현금, 손목시계, 학생증, 회수권까지 탈탈 털어놓고 사장님에게 사정사정하고 나서야 우리는 중국집을 겨우 탈출할 수 있었다.

주머니와 영혼을 순식간에 잃은 우리에겐 후식이 준비되어 있었다. 감히 신입부원이 탕수육을 주문 했다는 이유로 추가된 얼차려였다. 이를 꼭 물고 긴 봄과 여름을 났다.

중국집 외상값을 조금씩 갚아가며 연극에 매진했다. 그리고 그해 청소년 연극제에서 우린 대상을 받았다. 짜장 대신 탕수육을 외친 신입생의 패기에서 비롯된 성난 오기와 열정 덕분이었다.

대학 때는 선배의 눈치 따위 안 보고 짜장면을 먹을 수 있었다. 그리고 후배들에게 짜장면 한 그릇과 가끔 탕수육까지 사 줄 수 있는 선배가 되었다.

방배동 옥탑방으로 이사하던 날, 후배 두 명이 이사를 도우러 왔다. 이삿날에는 뭐니 뭐니 해도 짜장면이니까 고마운 후배들에게 배달 자장면을 대접했다. 그날부터다. 후배 두 녀석은 내 집에서 나갈 생각이 없었다. 붙박이처럼 내자취방에 머물며 몇 날 며칠을 짜장면만 시켜 먹었다. 한 번젓가락을 들면 멈출 수 없는 맛을 가진, 일명 '마약 짜장면'에 중독된 탓이었다.

나중에 알고 보니 그 중국집에는 중식계의 전설로 불리는 주방장이 있었다. 허영만 화백의 만화 『짜장면』에 등장하는 분이라고 했다. 우리가 주야장천 짜장면만 먹을 수 있었던 데는 그만한 이유가 있었던 것이다. 한동안 그 맛을 잊지 못해 전설의 주방장님을 찾아 헤맸지만 그때 이후로는 한 번도 그 맛을 만난 적이 없다.

　　외국인 친구에게 한국을 소개할 때도 중국집은 빠질 수 없는 코스다. 프랑스 친구 미카엘이 한국에 왔을 때도 나는 어김없이 중국집을 찾았다. 당시 유명한 중식 셰프들이 모여 있던 명동 중국대사관 근처의 중식당이었다. 특히 짜장면이 맛있는 중국집에서 미카엘은 먹물파스타보다 짜장면이 훨씬 맛있다며 쉬지 않고 먹었다. 젓가락질이 서툴러서 포크에 짜장면을 돌돌 말아 먹었지만, 짜장면은 금세 바닥이 났다. 짜장 소스에 반한 미카엘은 볶음밥에 짜장을 넣고 비빈 내 밥을 한입 얻어먹었다. "오 마이 갓! 이건 최고의 리소토야. 다니엘, 네가 너무 부럽다. 이렇게 맛있는 음식을 너는 매일 먹을 수 있잖아."라던 미카엘의 모습이 아직도 선명하다.

　　미카엘은 열흘 동안 한국에 있었다. 그가 프랑스에 돌아가서도 기억하는 한국말 중에는 '짜장면'이 있었다. 짜장면이 어지간히도 마음에 들었던 모양이다. 처음 먹어보는 사람마저 단번에 사로잡는 짜장면을 그 누가 사랑하지 않을 수 있을까.

대학교 졸업식이 끝난 후에도 중식당에 갔다. 군대에서 첫 휴가를 나왔을 때도 아버지는 고급 중식당에 나를 데리고 갔다. 첫 데이트 때 밥을 먹으러 간 곳도 중국집이었다. 작년 크리스마스 이브도 아내와 중식당에서 함께했다. 인생의 중요한 순간에도, 기억하고 싶은 순간에도 내 곁에는 짜장면이 있었다. 아마도 내 인생에 쉼표 역할을 해준 음식이 짜장면일지도 모르겠다.

몇 백 원이었던 짜장면 가격이 오르는 동안 짜장면을 먹은 횟수만큼 나의 추억도 차곡차곡 쌓여간다. 짜장면도 나와 함께 나이를 먹는다.

인생은 짧으니까
오늘은
일단 먹고 보자

2
부

쌀국수냐 하롱베이냐
그것이 문제로다

셰프로 일하던 시절, 해마다 긴 명절이 낀 연휴에는 레스토랑 식구들과 미식 여행을 갔다. 그해의 목적지는 베트남 하노이였다.

하노이에 도착한 우리는 도착한 날부터 쌀국수를 먹었

다. 많은 여행객이 책자나 방송을 보고 유명한 맛집을 선호하는 반면, 우리는 원조니 뭐니 따지지 않고 무조건 현지 사람이 많은 로컬 음식점을 갔다.

하루에 2번, 오전 11시와 오후 5시가 되면 도로에는 줄줄이 노점이 차려졌다. 자전거와 오토바이에 누들, 꼬치, 디저트, 반호이(삶은 쌀국수를 고기와 함께 먹는 모둠 쌈), 해산물과 채소, 생선구이 등을 실은 상인들이 공원과 대로, 공터의 광장에 모여들었다. 순식간에 자기 자리를 찾아 일사불란하게 움직이는 모습이 흡사 '플래시 몹'을 보는 것 같았다. 삶의 생동감이 고스란히 전해졌다.

"분짜다! 줄 서, 줄!"

어느새 나는 하노이 투어의 또 다른 가이드가 되어 있었다. 어쩌다 보니 전날 같은 일정으로 여행을 온 지인들까지 합세해 챙겨야 할 식구가 두 배가 되었다. 이래선 안 되겠다 싶어 작전을 짰다. 원래 가이드를 맡았던 동생은 어르신들을 모셨다. 나는 젊은 친구들과 함께 좀 더 공격적인 메뉴 섭렵에 나섰다. 매 끼니 쌀국수는 빠지지 않았고, 밤이면 찹쌀로 만든 베트남 보드카 넵머이를 마셨다. 40도의 알코올에 목구멍과 몸이 불타올랐다. 당장 내일 아침에 하롱베이 투어가 기다리고 있었지만 걱정하지 않았다. 베트남에는 속풀이에 완벽한 음식인 쌀국수가 있었고, 반쯤 나간 정신을 번쩍 깨우는 베트남식 커피가 있었으니까. 그 순간만큼은 그 누구도 부럽지 않았다.

하롱베이 투어의 아침이 밝았다. 숙취로 머리조차 들기 어려웠다. 대강 숙소 앞 작은 쌀국수집에 몸을 구겨 넣었다. 식당에서는 어마어마한 냄새가 났다. 삭힌 홍어의 간을 넣어 끓인 홍어애탕과 견주어도 지지 않을 냄새였다.

생선완자가 들어간 쌀국수에 고수 이파리를 한 주먹이나 넣었다. 매운 고추를 썰어 넣은 느억맘(피시소스) 소스로 간을 맞췄다. 젓가락으로 국수를 휘휘 젓는 동안 내 머릿속도 휘휘 원을 그리며 돌았다. 간신히 정신을 부여잡고 쌀국수를 사발째 들고 국물부터 크게 들이켰다. 여기저기서 감탄이 터져나왔다.

"헉, 이거 뭐야? 말도 안 돼! 너무 맛있잖아!"

나 또한 본능적으로 안도와 감탄이 뒤섞여 앓는 소리가 절로 나왔다. 뒷머리 사이에서 송골송골 땀이 맺히면서 불현듯 현기증이 났다.

　"선생님! 하롱베이 배 시간 다 됐어요! 빨리 드시고 나오세요. 서둘러야 해요!"

　가이드를 맡은 동생의 다급한 목소리에도 포기할 수 없었다. 국수를 남기고 일어나자니 두고두고 후회할 것만 같았다.

　"…나는 가지 않으련다. 유네스코 세계 자연유산보다 내겐 이 쌀국수가 더 감동적이다."

　이 글을 쓰고 있는 지금, 현재의 내가 과거의 나에게 박수를 보낸다. 과감한 결단을 한없이 칭찬해주고 싶다. 지금까지 나는 베트남 남부 호치민부터 북부 하노이, 캄보디아, 프랑스 파리의 중국인 거리 등 세계 곳곳의 유명한 쌀국수를 맛보았다. 하지만 아직도 그날의 생선완자 쌀국수를 넘어서는 쌀국수를 만나지 못했다. 전날 마신 독주 때문에 쌀국수 맛이 특별하게 느껴진 것일까? 쌀값에 비해 개성이 짙은 맛에 매료된 것일까? 이유야 다양하겠지만, 지금까지 쌀국수 맛의 기준은 하노이의 작은 가게다. 언제 어디서 이 맛을 뛰어넘는 완성형 쌀국수를 만날 수 있을지 사뭇 궁금해진다.

사실 우리에게 익숙한 '퍼(Phở)'는 소고기가 들어간 쌀국수다. 맑고 진한 소고기 국물에 목을 타고 부드럽게 넘어가는 가벼운 쌀면, 그 위에 듬뿍 올라간 숙주까지 우리 입맛에 제격이다. 얇게 썰린 소고기에 매콤한 칠리소스를 뿌려 먹으면 자극적인 맛과 개운한 맛이 입안을 동시에 채운다. 까다로운 한국인 입맛에도 잘 맞을 만큼 쌀국수는 이제 전 세계적으로 친근한 음식이다. 요즘에는 시내에 떡볶이집 보다 쌀국숫집이 더 많을 정도로 그 인기가 대단하다.

베트남 쌀국수를 만드는 과정은 우리나라 소고기뭇국과 비슷하다. 단순한 재료가 기본적인 조리법을 거쳐 맑고 깨끗한 맛을 자아내는 데 공통점이 있다. 양질의 소고기로 국물을 내고, 고기가 부드럽게 익어 국물에 고기 향이 녹아들면 향신료를 더한다. 한 모금만 마셔도 재료가 선명하게 보이는 정직한 맛이다. 그래서 쌀국수를 먹을 때마다 겸손을 생각한다. 몸을 낮춘 채로 만인이 사랑하는 맛을 만들어냈고 인정받았다. 요리뿐만이 아니라 삶의 자세에서도 필요한 덕목이다.

　나는 과연 어떤 맛을 내는 사람일까? 누군가에게 잊을 수 없는 요리를 건넨 적이 있을까? 누군가에게 잊을 수 없는 사람인 적이 있을까? 쌀국수 한 그릇으로 시작된 질문이 꼬리에 꼬리를 문다.

서울 촌놈이 반한 맛,

이열치열 어탕

전라북도 고창에서 영광으로 가는 시골에 친구가 살고
있었다. 열다섯 살의 나는 여름방학을 맞아 친구를 만나러
먼 길을 내려갔다.

시골 아이들은 서울에서 내려온 나를 서울 촌놈이라고

불렀다. 구멍가게 하나조차 변변찮았던 마을에서 나는 그들의 부하였고 외국인이었다. 사투리는 낯설기 짝이 없었다. 아파트만 보고 살아온 내게 마을 어귀의 수호신 당산나무와 장군의 위신을 모시는 사당은 신비롭기보다는 음습했다.

그럼에도 불구하고 친구네 집은 늘 즐거웠다. 손님방이 없어서 친구네 가족과 한방에서 잠을 잤다. 그게 또 그렇게 좋았다. 고추밭에서 갓 따온 고추는 소스라치게 매웠다. 난생처음 느껴보는 매운맛이었다. 하지만 그 매운 고추와 된장과 두부를 넉넉하게 넣어 끓인 호박된장국은 칼칼하면서도 맛이 참 잘생겨서 도무지 손에서 밥을 내려놓을 수가 없었다. 시골 사람은 왜 그리 밥을 많이 먹는지 궁금했는데 된장국을 먹는 순간 의문이 풀렸다.

비가 내린 후에는 논두렁에 허벅지까지 물이 차올랐다. 대여섯 명의 아이들은 잽싸게 양동이와 뜰채를 챙겼다. 논두렁에 뜰채를 담그고 물고기를 살살 몰기만 하면 붕어, 메기, 미꾸리, 피라미, 동자개, 참마자 등 크고 작은 고기들이 양동이에 한가득 잡혔다.

"설마 이걸 먹는단 말이야?"

서울 촌놈은 살아서 팔딱거리는 물고기를 보며 절대 먹지 않을 것이라고 했다. 이미 그 많은 물고기 손질을 끝낸 친구 어머니는 본격적으로 어탕 요리에 들어갔다. 커다란 가마솥이 준비되었고, 그 안에서 펼쳐지는 진기한 광경에 내 영혼은 점점 가마솥 안으로 빨려 들어갔다.

어탕은 펄펄 끓는 물에 고기를 무르게 고아내는 것부터 시작한다. 생선을 오랫동안 우리면 놀랍게도 국물은 사골 국물처럼 뽀얘지고 감칠맛 나는 기름이 돈다. 체에 걸러 가시와 뼈를 모두 거두어낸 맑고 진한 국물에 된장과 고추장을 풀어 간을 한다. 토란대, 숙주, 부추, 풋배추, 대파, 다진 마늘, 다진 고추 등 계절 채소와 양념을 입맛대로 넣는다. 민물고기 특유의 흙내를 잡기 위해 술이나 방아 잎, 제피 잎을 넣는 것은 이 지역 어머니들만의 비법이다. 잘 끓여진 어탕이 준비되면 마지막으로 어머니의 손끝을 타고 마른국수가 화려하게 낙하한다. 다시 센 불에서 화르르 끓이면 걸쭉한 국물의 어탕국수가 된다.

"허벌나게 맛나지?"

정신없이 어탕국수를 먹고 있는 서울 촌놈에게 친구가
물었다. 이미 어탕 국물 맛에 정신이 달아난 터였다. 나중에
알게 된 것이지만 전라도에는 '개미(게미) 있다'는 말이 있
단다. 씹을수록 고소한 맛을 뜻하는 개미는 음식 맛을 극찬
할 때 쓰는 전라도식 표현이다. 국수 한 가닥 한 가닥에 어탕
국물이 완벽하게 스민 그날의 국수는 그야말로 개미가 가득
했다.

어느 여름, 오랜 장마의 끝이 보일 무렵이었다. 나는 여
름을 병원에서 보내고 있었다. 병원의 저염 식단과 치료식
에 점점 입맛을 잃어갔다. 식욕을 잃지 않기 위해서는 뭐라
도 해야 했다. 곧바로 펜을 들고 '퇴원하면 반드시 먹을 100
가지 음식'을 적어 내려갔다. 좋아했던 음식의 맛과 추억을,
좋아하는 사람들과 함께했던 장소를 새록새록 떠올렸다. 먹
어봤던 음식을 생각하면 나도 모르게 입에 침이 돌았다. 새
로 생긴 식당의 메뉴를 적을 때는 가슴이 두근거리기까지
했다. 언제고 생각만 해도 끊임없이 에너지를 주는 것이 내

게는 음식인 것이다.

　　손으로 꼭꼭 눌러쓴 100가지 메뉴에는 어김없이 어탕국수가 있었다. 가마솥 아래에서 활활 타오르던 불길과 아찔했던 첫맛, 뜨겁지만 입에서 살살 녹았던 그 맛은 내게는 여름 그 자체다.

이제 낙지볶음을 모르던 때로 돌아갈 수 없다

할아버지의 직업은 훈장이었다. 할머니는 "모름지기 선
비는 낙지를 먹지 않는 법"이라고 했다. 그래서 할아버지의
밥상에는 낙지가 오르지 않았다. 대신, 낙지와 비슷한 다른
음식이 있었다. 반주를 곁들이는 날에는 삶아서 반듯하게

썬 문어가 종종 곁을 함께했다. 늘 검소한 식사를 하신 분이 지만, 유독 호래기(꼴뚜기)젓갈만은 즐겨 드셨다. 문어는 되고 꼴뚜기도 괜찮은데 낙지는 안 되는 밥상이라니, 분명 이유가 있을 것이다.

낙지의 한자 이름은 '낙제(絡蹄)'다. 시험에 떨어진다는 뜻의 낙제와 음이 같다. 과거에 평생을 공부하며 시험을 치러야 했던 선비 밥상의 비밀을 그제야 이해할 수 있었다. 재료의 이름에 따라 밥상머리에도 서열이 있었다.

훈장의 손자였던 탓인지 집안 분위기 때문인지 나는 성인이 되어서야 낙지를 맛보았다. 그것도 익힌 낙지가 아닌 목포 산낙지가 나의 첫 낙지였다. 낙지의 매력에 빠지자마자 나는 또 한 번 놀랐다. 낙지 맛이 여기서 끝이 아니었기 때문이다.

맛의 신세계는 종로의 좁은 골목 안에 있었다. 대학 선배들이 소시지구이를 먹자며 이끈 곳이었다. 하지만 내 앞에 놓인 건 소시지구이가 아니라 철판 위로 쌓아 올린 시뻘건 양념낙지와 콩나물이었다. 콩나물 사이로 햄과 소시지가 드문드문 얼굴을 들이밀고 있긴 했었다.

매운 낙지볶음이 부글부글 끓어오르고 나서 나는 기억을 잃었다. 세상에 이런 맛이 있나 감탄했다가 매운맛에 머릿속이 아득해졌다. 콩나물냉국이 없었더라면 기억이 아니라 정신을 잃었을지도 모른다.

너무 매워서 찰나의 기억 상실이 찾아오면 남자의 체면은 이쯤에서 내려놓는 게 현명하다. 찬 맥주를 벌컥벌컥 들이켜도 낙지볶음의 발칙함은 쉽게 사그라지지 않는다. 예를 들면 이런 거다. '누군가에게 영문도 모른 채 뒤통수 한 대를 세게 맞고는 화가 나서 뒤돌아보니 모르는 사람이었고, 그 사람이 내가 자기 친구인 줄 알았다며 연신 죄송하다고 해서 사과를 받아주었으나, 기분이 영 꺼림칙해서 자꾸만 그때가 떠오르는' 딱 그런 느낌이다. 매워서 화가 나는데 이 맛이 자꾸 생각난다. 매운 줄 알면서도 철판의 불은 쉬이 끄지 않는다. 콩나물만 건져 먹으면 그나마 괜찮을 텐데 매운 낙지를 뒤적이게 된다. 소시지는 안주로 먹다가 밥이랑 잘 어울린다는 이유로 하나 더 추가한다. 낙지는 술 덕분에 술술 넘어간다. 매운데 맛있고 뒤통수를 맞은 것처럼 자꾸 생각나는 '서린낙지'는 아직도 종로에 갈 일이 있을 때 들르는 추억의 장소다.

중독성이 강한 무교동 낙지볶음은 다들 양념장에 비밀이 있다고 생각한다. 하지만 양념장은 고춧가루와 간장, 파, 마늘, 생강, 설탕 정도로 단출하다. 오밀조밀한 맛의 차이는 양념장보다도 각기 다른 조리 방법에서 나온다. 미리 낙지를 데쳐서 쓰는 주인장도 있고, 낙지에 간장을 넣고 초벌로 달달 볶아내는 이모님도 있다. 고추장 없이 고춧가루에만 재워두었다가 볶는 집도 있다.

이만하면 무교동은 낙지지옥이다. 한 번 맛보면 언제든 다시 찾게 된다. 처음 온 사람은 곧 단골이 된다. 익숙한 매운맛으로 단골의 혀를 불태운다. 세상 근심 다 잊고 잠시나마 현실을 초월하라는 의미일 것이다.

무교동에 가기 힘들 땐 집에서 내 맘대로 낙지볶음을 만든다. 낙지는 조금이라도 저렴한 냉동낙지를 산다. 단, 뻘낙지는 맛은 달고 좋지만 크기가 작아서 볶음용으로는 아쉽다. 마트에서 냉동 바다낙지를 사길 추천한다. 대신 큰 냉동 낙지는 해동하고 나면 조직이 딱딱해지고 수분이 찬다. 그래서 충분히 주무르고 문질러서 식감에 변화를 주어야 한다. 밀가루도 좋고 설탕도 좋다. 넉넉하게 넣고 빨래하듯이 바락바락 최소한 10분을 문질러 씻는다. 맛있는 음식을 먹기 위해서는 노동이 필요하다. 팔이 떨어져 나갈 것 같지만 뽀얀 낙지를 보고 나면 속이 다 후련하다. 흐물대고 거무튀튀했던 낙지는 이제 막 바다에서 건져낸 듯 살이 탱탱해지고 윤기가 살아난다.

양념장은 별것 없다. 고춧가루 3큰술, 설탕 2큰술, 고추장 1큰술, 맛술 1큰술, 생강즙 약간을 넣고, 다진 파와 다진 마늘은 넣고 싶은 만큼 넣는다. 나의 방식은 양념장을 만들 때 고운 고춧가루와 조금 거친 고춧가루를 섞어서 쓰는 것이다. 때로는 청양고추와 베트남고추를 넣어 매운맛을 추가하기도 한다. 양념장을 잘 섞어서 냉장실에 넣고 이틀간 숙성한다. 딱 이틀이 핵심이다.

이제 달군 팬에 식용유와 참기름을 1:1 비율로 두른다. 대뜸 낙지를 넣고 싶겠지만, 아직 낙지를 넣을 때가 아니다.

낙지는 나중이다. 먼저 간장 1큰술을 넣고 가열한다. 간장이 부글부글 타들어갈 때 손질한 낙지를 넣고 센 불에서 볶는다. 낙지에서 나온 수분이 날아가고 초벌 상태로 익으면서 불 향이 스민다. 이때 양념장을 넣고 다시 볶는다. 단맛은 물엿으로 보충하고 너무 오래 볶아서 딱딱해지기 전에 불을 끈다. 여기서 끝이 아니다. 그릇에 담는 것까지가 요리의 끝이다. 하얀 그릇에 시뻘건 양념장에 잠긴 낙지볶음을 얹어낸다. 입이 알고 온몸이 반응하는 맛이다.

그러고 보면 할아버지도 낙지 맛을 모르지는 않았을 것이다. 단지 낙지를 멀리한 것뿐이다. 할아버지는 평생 절제하며 낙지 대신 문어와 꼴뚜기를 드셨다. 나는 절제라고는 눈 뜨고도 찾을 수 없는 거칠고 자극적인 맛에 길들어 있다. 낙지볶음을 이야기하는 지금도 입에 침이 고인다.

복어는 먹고 싶고
죽기는 싫고

"어머니, 보내드린 주소로 가면 '복 지리'를 포장해줄
겁니다. 부탁 좀 드릴게요."

　나이가 지긋한 아들이 어머니에게 복국 대접은 못 할망
정, 민망한 부탁을 하고 말았다. 입원 후 약물 부작용으로 체

중이 거의 10kg이 빠졌을 때였다. 가슴속이 꽁꽁 뭉쳐서 비위가 뒤틀렸다. 미각과 함께 온몸의 감각이 미미해졌다. 뭐라도 먹거나 감각을 깨울 만한 무언가를 해야만 했다. 경험상 지금 무엇을 먹어야 할지 어렴풋하게나마 짐작되었다. 조개 국물이나 흰 살 생선을 맑게 끓인 국물을 먹으면 아마도 내 몸이 반응하리라.

평소에 좋아했던 복국에는 여전히 미나리와 콩나물이 수북했다. 본래 담백하고 심심한 맛이어야 하는데 그날따라 복국은 위와 장을 날카롭게 파고들었다. 느슨하게 풀어져 잠을 자던 장기들이 동시에 깨어났다. 집 나간 자식을 마중이라도 나온 양 온몸의 감각이 격렬하게 환영했다.

맑은 복국 몇 모금에 마음속 응어리가 서서히 풀어졌다. 여느 때보다 짜게 느껴지던 복국을 내려다보다가 나는 눈물을 뚝뚝 흘리고 말았다. 투명한 거울처럼 맑은 맛이 그렇게 고마울 수가 없었다.

복국 속 무 한 조각은 얼음덩이처럼 무거웠다. 말갛게 떠 있는 복 살점 하나를 먹는데도 입안에서 자꾸 미끄러지기 일쑤였다. 힘겹게 복국을 뜨는데, 눈은 자꾸 찬 쪽으로 기울었다. 서비스로 주신 복어껍질무침이 아침부터 소주를 불렀다. 새콤한 향, 쫄깃한 식감. 아는 맛이 무섭다고 아픈 와중에도 나는 소주를 바랐다. 호방하던 시절의 버릇이 나온 걸 보면 복국 몇 술에 살 만해졌는가 보다.

몇 해 전, 통영 '다찌집'에서 술을 마신 다음 날이었다. 술을 시키면 새로운 안주가 계속해서 추가되는 통영식 선술집에서 우리 일행은 다음 날 해장을 걱정해야 할 만큼 거나하게 마셨다.

"내일 아침은 어디서 먹으려는가?"

귀한 자리를 대접해주신 후배 아버님이 아침 해장까지 걱정하셨다.

"시장 안에 있는 '분소식당' 졸복국 먹으려고요!"

"그래, 그 집이면 되었네."

통영 토박이인 아버님은 내가 졸복을 알고 있다는 사실을 마냥 신기해했다.

손바닥만 한 어린 복어가 통째로 들어간 맑은 복국은 해장 음식의 최상위권에 속한다. 국물이 줄어들 때마다 정신이 맑아지고 다시 술 생각을 하게 만든다. 숙취와 해장 사이에서 도돌이표 역할을 하는 위험한 음식이기도 하다. 어머니는 아무 맛도 없는 복어를 무슨 맛으로 먹느냐고 묻곤 했다. 나는 복어가 아무 맛이 없는 것이 아니라 맛이 섬세하다고 표현하고 싶다. 꿀의 종류마다 단맛이 다르고, 소금이 가진 짠맛도 제각기 다르듯이 국물을 가만히 떠 먹어 보면 복이 가진 맛이 서서히 느껴진다.

　　복어는 종류가 다양하고 맛도 미세하게 다르다. 참복(자주복)과 황복은 무척 비싼 고급 어종이다. 그래서인지 더 쫄깃하고, 아리고, 담백하게 느껴지지만 사실 복어의 종류별로 맛을 구분한다는 사람은 아마도 사기꾼일 확률이 높다. 그 정도로 예민한 감각을 지니려면 복어를 고래 크기만큼은 먹어봐야 안다.

　　복어는 독성이 강해 자격증이 있는 전문가만이 독소를 제거한 후 요리에 사용할 수 있다. 밀복이나 은복은 독이 없는 편이다. 복어 애호가들은 요즘 복어에는 특유의 찡한 아린 맛이 없다고들 입을 모은다. 결국 자연산 복어의 맛은 미각이 아니라 독에서 기인한 미세한 마비에 가깝다.

그마저도 근래에는 양식 복어를 키우면서 독이 아예 없어졌다고 한다. 천적이 없는 환경에서 성장했기 때문이다. 이렇게 유통되는 복어는 '복 지리'라 불리는 맑은 복국과 얼큰한 복매운탕에 사용된다. 꼬리는 말려서 주로 정종에 넣어 마시는데 '히레사케'라는 이름으로 불린다. 말린 복어 꼬리를 숯불에 살짝 구워서 술에 넣고 따끈하게 데우면 술에 은은한 향이 퍼지면서 맛이 한결 부드럽고 감미로워진다.

악명 높은 복어의 독성 때문인지 일본에는 다음과 같은 속담이 있다.

"복어는 먹고 싶고, 죽기는 싫고."

침대에 앉아 복국을 한 시간째 먹고 있는 예민한 A형 요리사의 심정도 저러하다. 걱정은 하되 복국 한 그릇을 시원하게 비우고 싶다. 비워낸 그릇처럼 걱정과 한숨을 훌훌 털어버리고 싶다. 삶이란 위험을 감수해야 할 일도 있는 법. 모른 척하고 지나가면 시커멓게 타버린 속에 재만 남는다. 그럴 때는 맑고 투명한 약수 같은 음식이 필요하다. 나는 태생이 강한 사람이 아니라 시시때때로 내게 필요한 약수를 들이켜며 살아간다. 그렇게 살아가는 동안 나는 점점 강해진다.

평양냉면 한 그릇이면 모든 게 괜찮아진다

나의 첫 냉면은 함흥냉면이었다. 수십 년 전, 오장동 시계골목에는 '함흥곰보면옥'과 '신흥면옥', '흥남집'이 있었다. 곰보면옥은 양념장이 달달하고 물냉면도 맛이 좋아 주로 젊은 연인들이 즐겨 찾았다. '비냉'의 전설 신흥면옥은 고소하고 감칠맛 나는 양념장 덕분에 직장인에게 인기가 좋았다. 흥남집은 회냉면이 유명했는데 원조라는 이름에 걸맞게 면의 꼬들꼬들한 식감이 단연 한 수 위였다. 나는 냉면집 문이 닳도록 냉면을 탐했다. 가게마다 개성을 가진 함흥냉면이 냉면의 전부인 줄 알았던 시절이었다.

인생에서 냉면의 역사를 다시 쓰게 된 것은 대학교에 입학한 후였다. 선배를 따라 간 곳에서 처음으로 평양냉면을 맛보았다. 선배가 알려준 대로 '스댕' 면기를 양손으로 들고 출렁거리는 국물을 꿀꺽꿀꺽 들이마셨다. 남은 국물에는 식초와 겨자를 조금 풀어 넣고 투박한 면을 이 끝으로 툭툭 끊어냈다. 아무 맛도 느껴지지 않았다. 아니 맛이 없다는 표현이 맞겠다. 선배는 평양냉면의 맛을 알려면 최소한 열 번은 먹어봐야 한다고 했다. 그 뒤로 '평양면옥', '을지면옥', '부원면옥' 등 평양냉면집 순례가 이어졌고 무미를 참아내는 나의 인내 또한 계속되었다.

본래 맛이 없던 음식이 맛있어 질 리 없다고 생각할 무렵이었다. 주교동의 한 냉면집에서 나는 비로소 평양냉면의 맛을 발견했다. 고기 향이 진한 육수에 동치미가 절묘하게 어우러진, 선배가 늘 이야기하던 바로 그 맛이었다. 심심한 맛의 맑은 국물, 거칠게 끊어지듯 씹히는 메밀면, 야들야들한 제육과 편육, 그리고 시원한 배 한 쪽과 새콤한 무김치, 꾸밈없는 오이절임과 삶은 달걀 반 개…. 한 그릇을 온전히 비우고 나니 빈 그릇에 행복이 채워졌다. 비워진 듯 채워진 맛의 매력을 알려준 냉면집이 바로 '우래옥'이다.

우래옥은 평양냉면의 성지 중 하나다. 70년 이상의 역사가 고유의 냉면 맛을 증명한다. '봉피양'도 빼놓을 수 없다. 평양냉면 신화의 근원지와 같은 곳으로 냉면 순례는 매번 우래옥과 봉피양에서 끝난다.

이외에도 평양냉면의 계보는 크게 의정부파와 장충동파로 나뉜다. 의정부파는 소고기 양지로 낸 맑은 육수에 꽃가루처럼 뿌려진 고춧가루가 특징이다. '의정부 평양면옥', '을지면옥', '필동면옥'에 가면 구수하고 시원하면서도 고기 향이 나는 의정부파 냉면을 맛볼 수 있다. 장충동파는 소고기 육수와 동치미를 섞어 국물이 은은하다. 그래서 냉면에

제육이나 수육을 곁들이면 궁합이 기막히다. '장충동 평양
면옥'과 논현동 '진미평양냉면'이 장충동파에 속한다.

지금까지도 열심히 냉면을 찾아다니는 내가 최근에 가
장 맛있게 먹었던 냉면이 있다. 유명한 맛집도 노포의 것도
아니다. 충남 당진에서 우리 음식을 연구하시는 미당 윤혜
신 선생님의 냉면이다. 양지와 사태를 고아서 만든 고기육
수에 직접 담근 동치미를 섞어서 국물을 만들고, 동치미 무
와 편육만 올린 단출한 차림새였다. 속이 빤히 보이는 국물
은 보이는 것만큼이나 군더더기가 없었다. 맑고 깊은 우물
같았다. 수술을 앞둔 나를 위해 일부러 서울까지 올라와 만
들어낸 선생님만의 귀한 우물이었다. 나는 이 정성스러운
보약을 마지막 한 방울까지 꼭꼭 눌러 마셨다. 세상에서 가
장 담백한 맛이었지만 나는 자꾸만 목구멍이 따끔따끔했다.

나이가 들면 담백한 맛을 찾는다고 한다. 비로소 그 말
의 의미를 조금은 아는 나이가 되었나 보다. 투명한 육수에
담긴 농후한 시간과 재료 간의 어우러짐이 맛으로 느껴진

다. 따끈따끈한 제육 반 접시와 맑은 평양냉면 한 그릇을 앞에 두고 내게 이 맛을 알려준 선배에게 감사를 드린다. 이제 나만의 만찬이 시작된다. 이 순간만큼은 내가 환자라는 사실을 잊는다.

사람을
멍청하게 만드는

멍게

"신우야, 여기에 뭐가 들어갔는지 한번 맞혀봐."

해산물 박사 영만 형님이 나의 자존심을 건드렸다. 고작 라면을 끓여놓고서 거기에 들어간 재료를 맞추란다. 이래 봬도 셰프로 20년 차다. 송로버섯을 넣은 라면도 먹어봤다.

갑자기 펄펄 끓는 라면처럼 승부욕이 불타올랐다.

　라면 국물 색은 땅콩호박수프처럼 노란색이었다. 국물 사이로 신선한 향이 느껴졌다. 빙고! 해조류 육수라는 단서를 잡았다. 맛을 보다 보니 채소가 들어가지는 않은 듯했다. 젓가락으로 면발을 쭉 들어 올려 뜨거운 김과 함께 후루룩 입속으로 들이켰다. 뭐지? 이건 분명히 아는 맛이다. 어디에선가 분명히 맛보았다. 만화 『신의 물방울』에 등장하는 12사도 와인처럼 이 맛은 맛의 끝자락만 보여주고 신기루처럼 사라졌다. 맛의 본모습을 확인시켜주지 않았다.

　하지만 음식은 사라졌는데 내 입안에는 침이 흥건히 고였다. 그만큼 맛있었다는 증거다. 라면수프를 이길 수 있는 재료는 흔치 않다고 생각했는데 이번엔 좀 달랐다.

　정답은 멍게였다. 멍게를 통째로 넣지 않고 갈아서 넣었다고 했다. 멍게를 익혀 먹는 것조차 생소한데 갈아서 넣다니…. 그야말로 해산물 박사다운 혁신적인 발상이었다. 언제나 귀한 식재료와 넘치는 아이디어로 나에게 감동을 주는 영만 형님은 이번에도 역시 새로운 맛을 경험하게 해주었다.

나의 첫 멍게는 내 나이 열두 살, 전라남도 고흥에서였다. 아마도 친구네 집에 놀러 갔을 때로 기억한다. 친구 어머니는 멍게젓갈을 담그던 중이었다. 어머니는 멍게 내장을 대강 칼등으로 쓸어내 버리고는 흐물대는 날것 그대로인 속살을 내 입안에 넣어주었다. 입안에 멍게가 들어가기 전에 나는 똑똑히 보았다. 마치 외계인이 살해당한 것 같은 엽기적인 멍게의 모습을. 몸통을 가르니 홍시가 터진 듯 미끄덩한 것이 튀어나왔다. 줄무늬가 있는 부분은 멍게 내장이라고 했다. 멍게를 입안에 물고 나는 잠시 멍청해졌다. 아무 생각이 나지 않았다. 바다 향은 강렬했고 신선했다. 입안은 미끌미끌하고 야들야들한 식감이 점령했다. 잠시 멍청해졌던 그날부터 나는 오묘한 멍게의 맛을 아는 사나이가 되었다.

　언젠가는 형님을 따라 바다낚시를 갔다. 비단멍게가 유명한 속초였다. 낚시를 마치고 횟집에 들어서니 형님의 단골 횟집 여사장님이 곧바로 비단멍게를 내주셨다.
　"비단멍게를 먹으면 피부미인이 된답니다."
　실제로 몇 년 후에 비단멍게에서 추출한 항균 펩타이드

물질 HG1이 아토피 피부 개선에 효과적이라는 연구 결과가 나왔다. 속초 여사장님의 말은 빈말이 아니었다. 선견지명이 적중한 셈이다.

이 귀하고 맛있는 멍게가 버려지는 나라도 있다.

한번은 네덜란드의 피시마켓을 견학했는데 쓰레기통에 멍게가 가득했다. 조개 맛도 아니고 해삼과도 다른, 유일무이한 맛을 지닌 멍게가 유럽에서는 생소한 재료였다. 우리 민족이 멍게 맛을 알아서 참 다행이라고 생각했다. 내게는 겨울 바다에서 나는 별미, 특히 조개류와 피낭동물 중에서 멍게가 으뜸이기 때문이다. 여수의 코끼리조개, 보령의 참소라, 동해 주문진의 가리비, 동해의 자연산 골뱅이, 동해 자연산 섭, 속초 비단멍게와 뿔멍게…. 이중에 멍게는 단연 독보적인 존재다.

멍게는 일반적으로 비단멍게, 돌멍게, 붉은멍게로 나뉜다. 비단멍게와 돌멍게는 식감이 쫄깃하고 향이 진하다. 양식이 되지 않아 자연산만 취급하는 덕에 값이 비싸다. 우리가 횟집 수조에서 흔히 보는 멍게는 양식 멍게인 붉은 멍게

인데, 활짝 핀 모습이 동백꽃처럼 화사해서 꽃멍게로도 불린다. 우둘투둘 못난 녀석들이 저마다의 품속에 아찔한 맛을 감추고 있다. 최승호 시인이 시 '멍게'에서 그 맛을 제대로 표현했다. 멍게는 나를 멍청하게 만들고 무슨 말을 해야 할지 생각을 지워버린다고. 바다에서 온 지우개 같은 멍게라고. 나는 멍게의 첫맛 때문에 조금 멍청해졌지만 첫맛을 평생 기억하는 동안 조금은 똑똑해졌을 것이다.

꽃
게
탕
이

뭐
길
래

군자역 8번 출구 포장마차 안에서는 아침마다 곡소리가
한창이다. 흐어, 으어, 어흡. 가지각색의 신음에 나도 모르게
포장마차 천막을 열게 된다. 이 포장마차는 이 일대를 어묵
국물 하나로 평정한 곳이다. 큼직한 꽃게와 베트남 고추를

넣고 뽑아낸 국물은 얼큰함과 시원함이 진국이다. 아침마다 해장이 필요한 직장인도, 졸린 눈을 비비대는 학생도 별말이 없다. 누구나 한 손에는 따끈한 종이컵을 꼭 쥐고 단전에서부터 올라오는 감탄사를 연거푸 내뱉는다. 단지 어묵 국물에 꽃게 하나 더 넣은 것뿐인데, 포장마차 안의 아침 풍경이 기이하다.

가만 보면 꽃게 좋아하는 사람들이 참 많다. 한번은 집에서 수상한 소리가 나기에 정신이 곤두선 적이 있다. "빠드드득, 빠드득!" 뒤이어 더 수상한 주문 같은 소리가 들렸다. "후르릅, 쯔읍 쯔읍. 음냠냠냐." 소리의 근원은 안방 문 뒤편이었다. 간장게장을 좋아하는 어머니가 귀한 게장을 혼자 먹기가 미안했는지, 몰래 숨어서 먹고 있었다. 어머니는 방문 뒤에 몸을 숨길 수는 있었다. 하지만 게 껍데기가 어금니 사이에서 아스러지는 소리까지 감출 수는 없었다.

나도 어머니를 닮아 게를 무척이나 좋아한다. 밥하기 싫은 날에는 한달음에 재래시장 수산물 가게에 간다. 메뉴를 결정했으니 맛있는 것을 조금이라도 더 빨리 먹기 위해서

다. 주인아저씨에게 대(大) 자 크기의 꽃게를 넉넉히 산다. 다시 한달음에 집으로 돌아오면 커다란 찜통에 꽃게 배가 보이도록 뒤집어 넣는다. 소주를 홀홀 뿌려 푹 찐다. 이때 바로 먹으면 안 된다. 한 김 식으면 게 다리 마디마디를 끊어서 달착지근한 게살을 쏙쏙 빨아 먹는다. 게살이 쏙 빠진 빈 껍데기도 씹고 빨고 뱉어서 즙을 즐긴다.

　　매년 봄에는 열 일 제치고 강화도에 있는 전등사에 간다. 사찰이 주는 아름답고 평화로운 기운과 사찰 안에서 즐기는 차 한 잔이 참으로 귀하다. 하지만 진짜 목적은 따로 있다. 우리 부부의 결혼기념일을 맞아 아내가 좋아하는 꽃게탕을 먹기 위해서다.

　　아내는 '충남서산집'에 처음 갔던 날, 앞으로는 해마다 이곳에 와야 한다고 내게 다짐을 받아냈다. 단호박이 들어간 꽃게탕이 그 정도로 입에 딱 맞았던 모양이다. 그래서 "남들이 소고기를 먹을 때 우리는 꽃게탕을 먹으러 간다." 라고 가끔 우스갯소리로 이야기한다. 꽃게탕 가격이 정육점에서 파는 소고기보다 비싸기 때문이다. 하지만 식사 도중

에 몇 번이나 "정말 맛있다. 그렇지?"라며 행복해하는 아내
의 모습에 꽃게탕 가격은 그만한 값어치를 가진 음식이 된
다. 가끔 밴댕이무침이 서비스로 나올 때가 있는데, 그런 날
은 세상 근심마저 잠시 사라진다.

서울로 돌아오는 내내 조금 전에 먹은 꽃게탕 이야기를
나누며 여행의 피로를 잊는다. 우리 부부에게 이 집의 꽃게
탕은 여운이 긴 음식이다. 태안에 간장게장 정식을 먹으러
갔을 때도, 서산의 다른 식당에서 꽃게무침을 먹을 때도 강
화도의 꽃게탕 이야기는 빠지지 않는다.

사랑하는 사람이 행복해하는 이유만으로 그 음식은 어
느 순간 내게도 최고의 음식이 된다. 매년 소중한 날에 찾는
다는 특별함과 같은 날, 같은 장소에서 같은 음식을 먹는다
는 재미난 추억, 검증된 맛이 주는 안도감…. 꽃게탕이 아주
특별한 음식은 아니지만, 우리만의 소소한 사연이 모여 세
상에서 가장 특별하고 소중한 음식이 된다.

아내가 좋아하는 꽃게탕을 집에서 시도해보기로 한다.
어른 손바닥보다 큰 서산 활꽃게를 준비한다. 서산식 꽃게

탕처럼 된장과 단호박을 넣고 끓인다. 간은 까나리액젓으로 맞춘다. 게 자체가 워낙 맛있는 데다 단호박에서 단맛이 나와 별다른 양념이 필요 없다. 싱싱한 꽃게가 마디마다 시원한 육수를 뿜어낸다. 꽃게의 구수함과 단호박의 단맛으로 '단짠'의 마법이 펼쳐진다. 아내의 반응이 궁금하다.

"맛있다!"

아내는 내가 끓인 꽃게탕을 맛있게 먹는다. 하지만 나는 안다. 아내의 꽃게탕 영순위는 충남서산집이라는 것을. 앞으로도 열심히 일해서 돈을 벌어야겠다고 마음을 다진다. 사실은 소고기 먹을 돈으로 꽃게탕을 먹는 게 아니다. 소고기 사 먹기에도 바쁜 우리 부부지만 꽃게탕도 먹어야 하니까. 원래 모든 경제활동에는 목표가 필요한 법이다.

잠깐
밥 좀 먹고
올게요

3
부

주꾸미로 차린
계절 밥상

마포구 공덕동에는 단골 주꾸미집이 두 군데 있다. 한 곳은 매콤한 양념의 숯불 주꾸미고, 한 곳은 심심하게 양념한 철판 주꾸미다. 두 곳 모두 맛도 맛이지만 술 한 잔 기울이기 좋은 집이다. 2차로 주꾸미 안주를 정하고 나면 두 집

중 어느 곳으로 갈 것인지 고민한다. 매운 불 맛이냐, 즙이 가득한 철판이냐, 선택이 쉽지 않다.

"그래서 산 놈, 아니면 죽은 놈?"

주꾸미집에 들어서자마자 주인 아주머니의 살벌한 질문이 이어진다.

"불판에 바로 볶아 먹으려면 생물이 낫지 않겠어?"

그래, 오늘은 철판이다. 뜨거운 철판 위에 미나리와 채 썬 양파로 잔디 구장을 깔아준다. 매콤한 양념을 유니폼인 양 슬쩍 걸친 활주꾸미가 입장하면 경기가 시작된다. 주꾸미가 뜨거운 열기 속을 꿈틀대며 헤쳐 나간다. 굳이 보지 않아도 되는 장면이기에, 옆 테이블에서 들려오는 사장님의 열띤 주꾸미 강의를 듣기로 한다.

"탕으로 먹을 거면 대가리 속에 밥알이 푹 튀어 나올 때까지 완전히 익혀 먹어야 돼. 먹물은 미리 터트리지 말고. 다리부터 잘라서 요 와사비 장에다 콕 찍어 먹어."

사장님의 강의가 몇 테이블을 거치고 나면 이제 내 앞의 주꾸미는 알맞게 익어 양념주꾸미의 모습을 갖춘다. 역시 오늘의 선택은 틀리지 않았다.

　해마다 3~4월이면 충남 서천에서는 '주꾸미 축제'가 열린다. 요맘때쯤이면 여행하기 좋은 계절이라 어딜 가도 좋겠지만, 서천에는 꼭 한번 가보라고 권하고 싶다. 마량리 동백나무 숲길은 손에 꼽을 정도로 아름답고, 바다에서는 주꾸미 배낚시처럼 특별한 체험을 할 수 있다. 가족끼리 여행하기에 더할 나위 없이 좋은 곳이다.

　무엇보다 산지의 주꾸미는 맛과 향이 다르다. 살짝 데쳐서 초장에 찍어 먹으면 살이 달고 바다 내음이 값지다. 맵고 자극적인 맛으로 정형화된 주꾸미 집과는 비교할 수 없는 수준이다. 입맛은 모두 다르므로 양념 범벅인 주꾸미가 맛없다고 단언할 수는 없다. 하지만 내 입맛에는 질색이다. 대부분 저렴한 냉동 수입 주꾸미에 모조 치즈를 산처럼 뿌려 불량 식품 같은 맛을 낸다. 편의점 음식을 선호하더라도, 백숙보다는 양념치킨을 좋아하는 분이라도 산지의 제철 주꾸미를 맛보았으면 좋겠다. 제철 생물 주꾸미는 딱 한 철 맛볼 수 있기 때문이다. 그래서 주꾸미는 1년에 한 번 만나는 기뿜의 맛이자 절망의 음식이다.

주꾸미는 집에서 요리하기에도 어렵지 않다. 집에서는
주로 비빔밥으로 즐긴다. 주꾸미에 고춧가루를 넣고 고추장
도 조금만 넣어 양념한다. 아니면 간장과 참치액젓만으로
담백하게 양념해도 좋다. 팬에 넣고 달달 볶아서 뜨거운 밥
위에 얹어 채소와 함께 쓱쓱 비빈다. 한 숟가락 크게 떠서 입
에 넣으면 뜨겁고 매콤한 맛이 촉촉하게 엉긴다. 허공에 입
을 벌려 뜨거운 김을 날리고 싶지만, 그 시간조차 아깝다. 얼
른 씹고 삼키는 동안 다음 한 입을 위해 숟가락을 다시 움직
여야 한다. 기다리는 틈조차 허용하지 않는 것이 주꾸미의
맛이다.

봄에는 주꾸미볶음에 된장찌개를 곁들인다. 달래를 한
움큼 넣어 찌개를 끓이고 국물과 두부를 양푼에 조금 덜어
놓는다. 여기에 볶은 주꾸미와 밥을 넣고 비비면 비빔밥이
아니라 '봄밥'이다. 봄을 상징하는 제철 채소와 해산물이 봄
맛이 무엇인지 가르쳐준다.

때로는 손질한 냉이와 주꾸미, 양파, 땡초(아주 매운 고

추)를 쫑쫑 썰어 넣고 부침가루에 개어서 주꾸미부침개를 지진다. 이때 기름은 모자란 것보다 조금 넉넉히 두르는 게 좋다.

부침개가 고소한 냄새를 풍기며 노릇노릇하게 익으면 술상을 차린다. 막걸리가 좋을까, 정종이 좋을까 고민하면서 아내를 부른다. 낙지보다 싸고, 제철이면 비교적 저렴하게 양껏 먹을 수 있는 주꾸미 한 봉지가 나만의 애정 표현 방식이다. 주꾸미가 있어서 고마운 밤이다.

어머니와 나의 연결고리

미역국

"일단 한번 먹어보라니까! 내가 이 집을 미역국 때문에 오거든!"

김 선배가 호언장담했다. 해산물을 엄청나게 좋아해서 전생에 자신이 돌돔이나 우럭이었을 것이라고 이야기하는 사람이었다. 그래서 선배와의 술자리는 항상 횟집이거나 일식집이었다. 물론 실패하는 가게 또한 없었다. 그런 그가 생선이 아닌 기본 찬으로 제공되는 미역국 때문에 방문하는 곳이라니 궁금하긴 했다.

"그래봤자 미역국이 미역국이죠."

맛을 보라며 떠준 미역국 한 사발을 받아들었다. 국물부터 마시고 미역을 건져 먹었다. 그리고 나는 이날부터 이 횟집의 단골이 되었다. 어찌 보면 당연한 결과였다. 바다 맛을 진하게 품은 미역국을 먹어보면 백이면 백 누구나 이 식당을 다시 찾게 된다.

횟집 미역국에는 횟집이라는 이름에 걸맞게 생선이 들어간다. 회를 뜨고 남은 광어와 농어 등의 뼈로 육수를 우려내서 맛이 중후하다. 미역은 특품만 사용한다. 그래서 도무지 씹을 수가 없다. 억세서가 아니다. 너무도 날렵하게 입안에서 미끄러지기 때문이다. 미역이 파도치듯 일렁이면 두툼한 광어 살점이 씹힌다. 진한 국물은 바다의 생명력이 느껴질 만큼 여운이 길다. 흔하디흔한 미역국이 아니라 진한 보약 한 사발 같은 요리다.

어떻게 보면 우리 몸 안에는 미역으로 결의를 다진 흔적이 남아 있다. 엄마가 아이를 출산하면 미역국을 먹는다. 엄마의 노고와 아이의 건강을 축원하는 음식이 미역국이다. 미역국을 이야기하자면 미역국계의 고전이라 할 수 있는 소고기미역국을 빼놓을 수 없다. 소고기와 미역을 달달 볶아 깊고 진한 맛이 남다르다. 이 맛이 전부가 아니다. 지역마다 산지마다 속한 자연의 산물로 저마다의 미역국을 만들어낸다. 산과 논과 밭과 강과 도시로 떠난 미역은 그곳에서 가장 익숙한 재료와 방법으로 미역국의 역사를 써 내려간다. 그래서 살다 보면 생전 처음 보는 조합의 미역국을 만날 수도 있다. 내가 먹던 보통의 미역국이 누군가에게는 특별하고 낯선 음식이 되는 순간이다.

그러고 보면 대한민국 곳곳에서 다양한 미역국을 만났다. 방송 촬영을 위해 들렀던 태안반도에서는 아침 식사로 바지락 미역국이 나왔다. 시원한 조개 국물에 미역이 듬뿍 들어가 맛이 없으려야 없을 수가 없었다. 언젠가 동해에서 만난 미역국은 또 어떤가. 홍합이 넘칠 정도로 들어가 시원한 맛이 일품이었다. 5월 제주도 우도에서는 소라 살을 얇게 저미고 참기름에 볶아서 미역국을 끓인다. 소라는 쫀득하고 국물은 고소하니 참 맛나다. 바다를 끼고 있는 동네에서는 성게알, 각종 생선, 어패류 등으로 저마다 바다 냄새 가득한 미역국을 끓인다.

다양한 생선미역국 중에서도 옥돔미역국은 정말 귀한 맛이 난다. 제주 사람들이 옥돔 외에는 물고기가 아니라고 하는 이유를 알 수 있을 정도로 맛이 담백하고 깔끔하다. 특이하게도 된장으로 간을 한다. 미역 말고 갖가지 해초도 들어간다. 나중에 이 국물로 죽을 끓이면 맛도 영양도 최고인 보양식이 된다. 누구에게나 추천하고 싶은 맛이다.

옥돔을 구하기 어렵다면 굴을 넣어도 좋다. 개인적으로 즐겨 먹는 메뉴이기도 하다. 해마다 굴 철이면 굴을 유독 좋아하는 어머니에게 굴미역국을 만들어드리곤 했다. 비록 지금은 아픈 아들이지만, 아직도 미역국만 보면 어머니에게 대접하고 싶어 마음이 분주해진다. 아무래도 미역국에는 어머니와 자식을 잇는 연결고리가 있는 것이 분명하다.

서로를 위하고 축복하고픈 본능 사이에는 언제나 미역국이 있다. 따뜻하고 매끈한 국 한 그릇이 부모와 자식을 잇는 다리가 되고 마음을 전하는 역할을 한다. '말하지 않아도 아는' 음식은 비단 초코파이뿐만이 아닌 것이다.

카레와 하이라이스는 언제나 옳다

나의 첫 요리는 카레라이스였다. 요리라고 부르기엔 거창하지만, 초등학교 5학년 때 보이스카우트의 첫 캠핑에서 만든 최초의 음식이다. 감자와 당근, 양배추를 엉성한 칼질로 삐뚤빼뚤 썰고, 딱딱한 고형 카레를 조심조심 칼로 다져서 물과 함께 보글보글 끓였다. 카레 냄새는 삽시간에 운동장을 가로질렀다. 버너 위에서는 냄비밥이 들썩들썩했다.

드디어 서툰 솜씨로 차린 우리만의 첫 식사가 완성되었다. 스카우트 단원 모두 경건한 마음으로 테이블에 앉았다. 왼쪽 가슴에 오른손을 올린 채 세계 평화를 기원하는 맹세를 했다. 하지만 코를 찌르는 카레 냄새에 다리는 배배 꼬여만 왔다. 행여 들킬세라 온 마음을 다해 평화를 빌었지만, 소용없었다. 우리에겐 세계 평화보다 카레가 우선이었다.

맹세를 마치자마자 여기저기에서 그릇에 숟가락 부딪치는 소리가 요란했다. 카레는 물이 흥건했고 밥은 질었지만, 그때까지 내가 먹어본 카레 중에 최고였다. 이런 맛이라면 세계 평화도 머지않아 가능할 것 같았다. 식사가 끝난 후, 우리는 서로 입가에 묻은 카레를 보면서 웃었다. 뿌듯하고 배부른 맛이 평화를 가져다주었다.

카레는 본래 '커리'라고 발음한다. '카레'는 인도 음식 '커리'를 일본식으로 발음한 것이다. 카레가 일제 강점기 시대에 들어온 우리나라에서는 커리보다는 카레라는 표현이 더 익숙하다. 하지만 우리는 카레라고 말하고 한글로 커리라고 써야만 했다. 한글 표기법은 커리만 허용되었기 때문이다. 몇 해 전, 표준국어대사전에 카레라는 단어가 등재되었다. 이제는 커리와 카레, 두 단어 모두 맞는 말이다. 굳이 커리와 카레 사이에서 고민할 필요가 없어졌다. 단어도 대중적인 쓰임에 따라 변화를 인정한 것이다.

일본의 카레도 인도의 커리가 영국과 유럽에 퍼진 것이 변형된 형태다. 본래 인도 카레는 특정 소스가 아니라 여러 가지 향신료를 섞어서 만든 요리를 통칭한다. 엄밀히 따지면, 향신료와 양념을 조합해 가루나 고형으로 가공한 것과는 다른 형태다. 우리나라 카레의 역사는 1963년 오뚜기에서 가정용 카레가루가 출시되면서 대중화되었다. 인도, 태국, 말레이시아, 일본과 함께 대한민국에서도 카레가 가정식으로 자리 잡을 수 있었던 결정적인 계기다.

카레는 요리 솜씨가 없는 사람도 실패할 확률이 낮다. 단, 패키지에 쓰인 재료의 양(특히 물의 양)만 정확하게 지켜서 조리한다면 말이다. 라면을 끓이듯이 따라서 만들면 누구나 일정 수준의 맛을 낼 수 있다. 90년대 이후에는 전자레인지로 데우는 레토르트 카레가 유행하면서 학식(학생식당) 정도의 메뉴로 취급받기도 했다. 하지만 제대로 만든 카레를 먹고 나면 생각이 달라진다.

카레를 맛있게 만드는 방법 중 첫 번째는 육수를 이용하는 것이다. 당연한 이야기지만, 해산물 카레에는 조개 육수를, 고기 카레에는 다시마와 말린 버섯으로 우린 국물을 사용하면 맛이 더욱더 깊어진다. 이도 여의치 않다면 시판 치킨스톡, 비프스톡 등을 활용해도 괜찮다.

두 번째는 다양한 향신료를 가미하는 것이다. 우리나라 카레 분말은 맛이 몹시 밋밋하다. 한국인에게는 향신료가 익숙지 않은 데다 호불호가 강하게 나뉘는 편이라 기업에서는 다수의 입맛에 맞추어 카레 분말에 소량의 향신료만 첨가한다. 그래서 한국 카레에서 카레 본연의 향을 기대하기란 어렵다. 좀 더 '오리지널'에 가까운 맛을 원한다면 기호에 따라 강황가루나 생강, 새우페이스트, 칠리페퍼, 마늘, 초콜릿 등을 추가해서 만들면 된다.

마지막 비법은 일본드라마 〈심야식당〉에 나온 '어제의 카레' 덕분에 많이 알려진 비법이다. 다 만든 카레에 숙성할 시간을 베푸는 것이다.

"전날 만들어둔 카레가 훨씬 맛있어요."

맛있는 카레라이스로 유명한 '구씨네부엌' 주인장 구 씨의 말이다. 구 씨는 양파가 갈색이 될 때까지 오랜 시간 달 달 볶아서 카레를 만든다. 갓 만든 카레는 언제나 냉장고로 직행한다. 카레가 냉장고에서 저온 숙성되면서 재료의 향이 한결 짙어지고 소스와 잘 어우러지기 때문이다. 특히 볶는 동안 단맛이 한껏 응축된 양파가 숙성되면서 카레의 풍미가 놀라울 정도로 좋아진단다. 잘게 자른 재료를 수프에 가까 운 형태로 만들어낸 구 씨의 카레를 먹어보면 새삼 시간이 라는 비법이 얼마나 대단한지 실감하게 된다.

카레라이스를 이야기하면서 하이라이스를 빼놓을 수 없다. 이유는 간단하다. 카레라이스만큼이나 내가 너무나 사랑하는 음식이기에, 여러분께 꼭 소개하고자 한다.

하이라이스는 쇠고기와 양파를 버터로 볶아 레드와인

과 토마토소스를 넣고 푹 끓인 데미그라스소스를 밥 위에 뿌린 음식이다. 카레라이스를 돈가스 정식에 비유한다면, 하이라이스는 함박스테이크 정식이라고 할 수 있겠다. 어쩐지 카레보다는 조금 더 고급스러운 풍미와 향을 지닌 귀족의 음식 같다.

하이라이스 소스는 스테이크 소스와도 닮았다. 우스터소스와 토마토, 소고기 스톡이 오묘하게 조합되어 맛은 깊고 향기는 진하다. 소스가 밥알에 배어들면 마치 고기 향이 나는 밥을 먹은 느낌이다. 가끔은 고추장이나, 타바스코, 스리라차칠리소스 약간을 첨가해 숨어 있는 맛으로 재미를 주기도 한다.

하이라이스를 맛있게 만드는 법은 두 가지다. 첫 번째는 버터의 활용이다. 완성 단계에서 불을 약하게 줄이고 버터 1큰술을 넣는다. 버터가 소스에 충분히 녹아들도록 잘 저어준다. 그저 버터 한 숟가락이지만 풍미는 대단하다. 가정식이었던 하이라이스가 귀족의 맛으로 변신한다.

두 번째는 싱싱한 달걀이다. 반숙 달걀프라이를 만들어야 하는데, 요 프라이가 은근히 어렵다. 팬에 기름을 넉넉히 두르고 달걀을 센 불에서 튀기듯이 익히는데 이때 노른자가 익지 않게 완성한다. 잘 만든 달걀프라이를 하이라이스 위에 올리고 숟가락으로 '탁' 쳐서 노른자를 터뜨린다. 노른자가 밥알 하나하나를 코팅할 수 있도록 잘 비벼준다. 하이라이스 소스와 노른자가 섞이며 반짝반짝 윤기를 낸다. 겉모습만 반짝이는 것이 아니다. 입안도 황홀경이다.

나는 카레나 하이라이스를 만들 땐 커다란 솥부터 준비한다. 중독성이 대단한 음식이기에 절대 적은 양을 만들면 안 된다. '카레집은 큰돈은 못 벌어도 망하진 않는다'라는 요식업계의 정설이 괜히 나온 말이 아니다. 한 번 먹으면 한 그릇 더 먹고 싶어지고 며칠은 먹어야 직성이 풀린다. 그리고 오늘은 그냥 먹고 내일은 하루 동안 숙성한 더 맛있는 카레를 먹을 수 있으니 무조건 많이 만드는 것이 당연하다.

어릴 적 스카우트 맹세의 기다림이 꽤 길었던지, 카레는 내게 평화의 맛으로 각인되었다. 냄비 속의 카레가 우리들 도시락통 안으로, 밥상 위로, 복지관의 교자상 위로, 아파트

경비실 아저씨의 국그릇 안으로 옮겨가는 걸 보면 내가 생각하는 카레의 의미가 틀린 것만은 아니다. 카레는 이제 나눔과 베풂을 상징하는 대표적인 음식이 되었다.

단 돈 몇 천 원의

행복,

칼국수

음식 이름에 대놓고 '칼'을 붙이다니. 이름만 듣자면 살벌하기 짝이 없다. 칼국수 이야기다. 하지만 그 맛은 이름에 반하여 푸근해도 너무 푸근하다. 대통령부터 어린아이에 이르기까지 귀천이 없는 면 요리가 칼국수가 아닌가.

칼국수를 이야기할 때 대개 '어머니의 맛'이라고들 하지만, 나는 어머니의 심심한 칼국수보다 멸치 국물 맛이 진하디진한 종로의 할머니 손칼국수가 훨씬 좋다. 비라도 오는 날이면 '스댕' 그릇에 가득 담겨 나오는 뜨거운 국물은 몇 배 더 맛있어진다. 남해 멸치 천 마리 정도의 영혼이 녹아 있는 것 같다. 가정집에서는 절대 낼 수 없는 국물 맛이다. 그래서 나는 지금도 칼국수만큼은 국숫집에서 사 먹는 편이 낫다고 생각한다. 곁들여 먹는 배추겉절이나 다진 고추 양념장도 사나흘은 손님 손을 타고 뚜껑을 여닫으며 삭혀주어야 깊은 맛이 밴다.

대학교에서 전국 팔도의 친구들을 만나고 방송일로 전국 각지를 돌아다니고 나서야 나는 칼국수가 얼마나 지역적인 특성이 반영된 음식인지 알게 되었다. 칼국수처럼 자존심이 강한 음식도 흔치 않다.

"양반집에선 말이지, 닭으로 육수를 맑게 내서는 닭살을 결대로 찢어서 조물조물 양념한 고명을 올렸어. 면은 콩가루로 반죽해서 단정하게 삶아내지. 겨울밤에 한 그릇 먹고 나면 속이 얼마나 든든한지 이만한 음식도 없다네."

_안동칼국수

"우리 집은 여름 별식이 팥칼국수였어. 온종일 엄마가 팥을 고아내는 날이면 밥도 팥물로 짓곤 했어. 엄마는 팥을 먹으면 기분이 좋아진다면서 팥에 설탕을 듬뿍 얹어 면을 말아줬는데, 그게 참 달콤하고 맛있었어."

_군산 팥칼국수

"칼국수는 바지락이지. 우린 멸치 국물은 쳐주지도 않아. 우리 집은 바지락을 뽀얗게 끓여낸 맑은 국물에 북어 대가리하고 다시마를 넣고 진하게 국물을 내. 여기에 손으로 반죽한 면을 그때그때 썰어서 쫄깃하게 끓이는 거야. 칼국수 한입에 열무김치 한 점이면 둘이 먹다가 하나가 죽어도 모른다니까."

_태안 바지락칼국수

조선 시대 한글 조리서인 『규곤시의방』에는 칼국수가 '절면(切麵)'이라는 명칭으로 기록되어 있다. 끊어내는 면이라는 의미를 가진 절면은 당시에 메밀가루로 면을 만들었기 때문에 붙여진 듯하다. 같은 시기에 쓰인 『음식디미방』에는 밀가루로 면을 뽑아내는 '제면(製麵)'이 등장했지만 밀가루가 귀한 시절이라 서민들이 먹을 수 있는 음식은 아니었다고 한다.

밀가루로 만든 국수가 보편화된 것은 6.25 직후 구호품으로 들어온 밀가루가 보급되면서부터다. 당시에는 밀 수확철인 여름이나 되어야 면을 뽑고 애호박을 넣어 국수를 맛볼 수 있었다. 지금도 피로연이나 뷔페에서 잔치국수가 빠지지 않는 것은 이 때문이다. 귀한 음식을 내놓아야 잔치에 온 손님을 대접한다 생각했던 가난한 역사의 산물이다.

칼국수가 서민 음식으로 꾸준히 이어져온 데는 싼값도 한몫했다. 지금은 부쩍 오른 외식비 덕분에 크게 싸다는 느낌을 받을 수 없지만, 불과 몇 년 전만 해도 천 원짜리 서너 장 쥐고 시장에 가면 그릇이 넘칠세라 푸짐한 칼국수를 건

네받을 수 있었다. 국수 인심으로는 둘째가라면 서러운 시장 할머니들은 언제나 손이 컸다. 칼국수 한 그릇이면 배도 채우고 넉넉하게 마음까지 채우고 올 수 있었다.

"할머니, 이 맛이 집에서는 왜 안 날까요?"

"집에서는 영 맛이 들지를 않지. 맛도 장소 따라 다른 것이여."

그렇다. 칼국수는 제법 분위기를 타는 음식이다. 날씨 따라 기분 따라 먹고 싶은 칼국수가 다르고, 그때마다 가고 싶은 식당이 떠오른다. 어느 날은 바지락과 애호박을 듬뿍 넣은 시원한 칼국숫집에 가고, 비 오는 날에는 신 김치를 넣은 칼칼한 칼국수를 직접 끓이기도 한다. 몸보신하고 싶은 날이면 사골칼국수를 먹으러 간다. 푸짐한 양에 바지락이 듬뿍 들어간 종로 3가의 '찬양집', 잔칫날처럼 양념한 고기 고명이 듬뿍 올라간 '명동교자' 본점, 사골을 진하게 우려낸 삼청동의 '황생가칼국수'는 내가 지금까지도 자주 찾는 식당이다.

칼국수는 더운 음식이지만 계절을 타지 않는다. 여름에는 이열치열 등줄기 따라 땀 흘리며 먹어도 좋다. 다 먹고 난 뒤에는 산 정상에 오른 듯 몸이 개운하다. 추운 겨울밤에는 우선 뜨끈한 국물부터 그릇째 들이켠다. 속을 따뜻하게 데웠으면 매콤한 배추겉절이 하나를 올려서 뜨거운 면을 끊어내지 않고 후루룩후루룩 쳐서 먹는다. 입천장이 벗겨지도록 면을 끌어올리는 게 칼국수의 묘미요, 단돈 몇천 원에 취향 따라 골라 먹는 게 재미다.

도무지
사랑하지 않을 수 없는
돈가스

어머니는 직접 만든 돈가스에 대한 자부심이 대단했다. 고기를 두툼하게 넣어서 튀긴 돈가스는 확실히 매력적이었다. 하지만 도무지 이해할 수 없는 점이 있었다. 어머니의 돈가스에는 항상 소스도 아닌 케첩이 듬뿍 뿌려져 있었다. 돈가스 맛의 3할이 양배추 샐러드라면 2할은 소스 맛인데 말이다. 잘 튀긴 돈가스가 핫도그로 전락하는 것은 한순간이다.

어머니의 돈가스로 식탁을 채워가던 시절에는 포크가스라는 게 있었다. 포크가스는 아시아 스타일의 서양 메뉴로 소개되며 유행을 타기 시작했다. 그래서 당시에는 서양식 요리책에서 주인공이 되는 영광도 누렸다. 실제로 포크가스는 돈가스의 아버지라 할 수 있다. 돼지고기를 짚신짝처럼 두드리고 펼쳐서 쇠기름을 자작하게 두른 팬에 지지듯 튀겨냈다. 서양식이니까 주로 우스터소스를 곁들였다. 경양식집이나 옛날 돈가스집에서 파는 돈가스가 그나마 포크가스에 가깝다고 할 수 있겠다.

오늘날의 돈가스는 조금 다르다. 두툼한 돼지고기를 기름 솥에 튀겨내어 소스와 겨자를 곁들여 먹는 방식이 일반적이다. 최근에는 돈가스도 하루가 다르게 개발되고 세련되어져 각각의 개성을 지키는 전문점이 대세다.

반면에 여전히 관록의 돈가스도 건재하다. 기사식당과

학생식당에서 독립한 왕돈가스, 경양식집의 인기 메뉴였던 추억의 돈가스 정식 등이다. 이 메뉴들은 익선동 같은 곳에서 젊은 세대의 감성을 자극한다.

어찌 보면 돈가스는 떡볶이 같은 음식이다. 떡볶이만 해도 나이에 따라, 먹고 자란 떡볶이의 종류와 맛에 대한 기억이 다르다. 돈가스도 마찬가지다. 단기간에 다양한 메뉴와 독자적인 맛을 지닌 음식이 되었다. 가끔 돈가스의 취향을 보면 나이를 알 수 있을 정도다.

어머니의 돈가스를 졸업한 후 대학 때부터 자주 간 곳은 명동에 있는 '명동돈가스'다. 문을 열고 들어서면 하얀 조리복을 입은 조리사들이 각자의 구역에서 활기차게 맡은 일을 하고 있다. 후배와 바 자리에 앉아 등심과 안심돈가스를 하나씩 주문한다. 커다란 스테인리스 솥에 가득 채워진 기름에는 낮은 거품이 쉴 새 없이 보글보글 끓고 있다. 촉촉한 빵가루를 온몸에 두른 돈가스가 미끄러지듯 기름 속으로 입장한다. 츠와악츠와악. 세상에서 가장 맛있는 찰진 비명이 들린다. 그 소리가 사그라지기 전까지 모든 손님의 마음은 한

결같다. 저 돈가스가 내 것이었으면 좋겠다고.

김이 모락모락 나는 돈가스가 드디어 나무 도마 위에 올라간다. 시퍼렇게 날 선 칼이 돈가스를 지나간다. 바사삭바사삭. 그릇에 정갈하게 담긴 돈가스는 숙성된 소스와 함께 내게로 온다. 소스를 부어서 내오는 '부먹'이 아닌 소스를 찍어 먹게끔 주는 '찍먹' 스타일이다. 이 점 또한 마음에 든다. 곁들여진 양배추샐러드에 소스를 듬뿍 뿌려놓았기 때문에 튀김은 고유의 맛으로 즐기고 싶다. 지극히 나만의 취향이다.

"선배, 그래서 돈가스는 양식이에요, 일식이에요?"

돈가스를 베어물다가 후배의 질문에 잠시 주춤한다.

"가끔 헷갈리더라고요. 경양식집에서 파니 양식인 것도 같은데, 라멘집에서도, 호프집에서도, 일식집에서도 팔고… 돈가스는 여기저기에서 다 팔잖아요."

대답 대신 후배에게 비슷한 질문 하나를 던진다.

"그럼 당면은 우리나라 음식일까, 중국 음식일까?"

후배는 고개를 갸웃거린다. 매번 잡채밥을 먹으면서도 고민해본 적이 없다고 한다. 사실 정답은 없다. 돈가스와 당면 모두 외국에서 들어와 대한민국화 된 음식이다.

돈가스는 오스트리아의 대표 요리 슈니첼에서 전래했다는 설도 있다. 실제로 일본은 종교적, 역사적 배경 때문에 1200년 동안이나 육식이 금지되었다. 이후 메이지 시절 초기에 개화 정책이 이루어지면서 서양 문물을 적극적으로 수용했다. 이 과정에서 육식금지령이 해제되었고 일본의 식문화 또한 경이로울 정도로 발전했다. 일본의 돈가스 역시 이 시절에 들어와 변화를 거듭하며 일본의 맛을 담은 대표적인 음식이 되었다. 고기를 튀긴 조리 방식은 같이하되, 독자적인 개성과 기호를 넣어 이제는 '일본식 돈가스'라는 메뉴가 생겼다. 그래서 오늘날 돈가스는 본적을 찾기가 쉽지 않다. 소시지나 순대 등의 음식도 이와 비슷한 맥락이다.

당면도 마찬가지다. 당면은 중국에서 우리나라로 넘어온 식재료다. 하지만 우리는 당면을 가지고 잡채라는 한국 요리를 만들어냈다. 물론, 옛 조리서에 등장한 잡채는 채소 잡채다. 일제 강점기 이후에 당면을 넣으면서 현재의 잡채가 완성되었다. 훗날 음식 산업의 근대화와 산업화를 거치며 당면이 대중화되었고, 현재까지 대한민국 대표 음식으로 명맥을 유지하고 있다.

　　요즘 돈가스는 끊임없이 진화한다. 카레에도 몸을 적시고, 마요네즈소스를 바른 채 밥알 가운데 누워 '롤'도 된다. 나는 돈가스가 무엇으로 변신해도 용서가 된다. 왜냐하면 수십 년째 내가 사랑하는 메뉴이자, 나이와 국적과 직업을 불문하고 수많은 이에게 사랑받는 메뉴이기 때문이다. 맛있는 음식은 시간이 지나도 여전히 맛있다. 그것이 돈가스의 매력이자 영원불변의 진리다.

청국장처럼
티좀내고살아도
괜찮아

청국장의 진미를 이야기하자면 으레 어머니의 낡은 뚝
배기나 할머니의 손맛을 떠올린다. 오래전 '사직분식'의 재
래식 청국장을 최고로 꼽는 사람도 있을 것이다. 나도 비슷
했다. 필리핀의 제임스를 만나기 전까지는 말이다.

필리핀의 섬 민도로에 스쿠버다이빙을 배우러 갔을 때다. 스쿠버다이버들의 요람인 사방비치에는 전 세계의 수많은 다이버들이 묵는 리조트가 있었다. 나는 다이빙 강사였던 지인 덕분에 음식이 맛있다는 숙소에 머물게 되었다.

리조트는 음식으로 명성이 자자할 만했다. 달걀물을 입혀서 구운 뜨거운 식빵에 설탕을 뿌린 토스트, 바다에서 갓 잡은 생선으로 만든 생선구이, 카레 향이 나는 채소조림, 액젓에 새콤한 칼라만시(감귤나무과 식물의 열매로 라임이나 레몬과 쓰임이 비슷함)를 더한 볶음국수 등 메뉴가 항상 다채로웠다. 리조트의 주방을 맡고 있는 제임스는 밥때를 기대하게 만드는 재주가 있는 필리핀 요리사였다.

일주일간의 스쿠버다이빙 기본 과정이 끝나고 상급 과정으로 넘어가는 날이었다. 제임스는 폴폴 흩날리는 필리핀 쌀로 지은 밥을 한 광주리나 짊어지고 왔다. 그 옆에는 커다란 질그릇에 청국장이 가득했다. 상급 과정으로 올라가는 것을 축하하는 의미라고 했다. 필리핀에서 청국장이라니, 그것도 필리핀 친구가 축하의 의미로 가져온 청국장을 보고 나는 놀라지 않을 수 없었다.

제임스가 덜어준 밥 한 그릇에 청국장 한 국자를 퍼 담았다. 사실 청국장은 냄새도 그럴싸했고 꽤 걸쭉했지만 솔직히 맛에 대한 기대는 전혀 없었다.

"오 마이 갓! 제임스!"

하마터면 소리를 지를 뻔했다. 아니, 결국에는 제임스를 불러대며 소리를 질렀다. 30년 전통의 인사동 여느 맛집보다 깊고 진한 청국장이었다. 발효된 콩 맛, 종로 노포의 뚝배기에서 엿보았던 채소와 고기의 절묘한 비율, 입안을 떠나지 않는 감칠맛, 무엇보다 백 리는 족히 퍼질 만큼 강렬한 청국장의 향기라니…. 제임스에게 묻지 않을 수 없었다. 청국장을 어떻게 알게 되었으며 어디서 누구에게 배웠는지를.

제임스가 일하는 리조트의 장기 투숙객 중에 청국장집 사장님이 한 분 계셨다. 오랜 기간 함께 지내다 보니 그분이 한국인 다이버가 많은 리조트에서 쓸모가 있을 거라며 여러 가지 요리를 알려주셨단다. 콩으로 청국장을 띄우는 법이며 중국 배추로 김치를 담그는 법까지, 제임스는 참 착실하게도 배웠다. 필리핀 청년 제임스의 수준 높은 청국장은 필리핀에 있는 동안 나를 행복하게 했고 한편으로는 나를 자극했다.

필리핀에서 다시 한국으로 돌아왔다. 한동안 신사동과 여의도, 종로의 내로라하는 청국장집을 여기저기 쫓아다니기 바빴다. 맛보고 필기하고 주인장에게 질문하며 비법을 연구했다. 이유는 하나였다. 최소한 제임스보다 맛있는 청국장을 끓여야겠다는 한국인 셰프로서의 집념이었다.

얼마 전 맛된장을 만든다고 집에서 메주콩을 넉넉히 삶았다. 콩이 생각보다 많이 남아서 오랜만에 청국장을 띄우기로 했다. 집에서 청국장을 만들 때 필요한 전기장판이나 온수매트, 이불, 스테인리스 볼, 지푸라기를 준비했다.

우선 스테인리스 볼에 지푸라기를 깔고 삶은 메주콩을 밭쳐낼 천을 깐다. 그 위에 콩물을 조금 끼얹고 장판 온도를 37~40도로 맞추어 이불로 감싼다. 3일이 지나면 청국장이 된다. 해보기 전에는 어려울 것 같지만 막상 만들어보면 생각보다 쉽고 맛있는 게 청국장이다. 잘 발효된 청국장으로 홈메이드 청국장을 끓여서 가족에게 자랑하면 된다. 아, 깜빡하고 이야기하지 않은 것이 있다. 3일 내내 청국장이 익는 냄새는 감수해야 한다. 청국장을 띄우는 방에는 못 들어갈 수도 있고, 문을 닫고 있어도 방문 앞을 지나갈 때마다 코를 막을 수도 있다.

가끔 청국장을 집에서 만든다고 하면 이해할 수 없다는 이도 있다. 마트나 시장, 온라인 쇼핑몰에서 쉽게 구할 수 있는 데다, 최근에는 냄새가 나지 않는 제품도 있는데 왜 사서 고생하느냐고 묻는다. 직접 만든 청국장은 다르다. 내가 김치나 술을 담그는 마음으로 만든 청국장은 시중에서 유통되는 청국장과 달리 세상 유일한 맛을 낸다. 물론 가끔은 발효에 실패하거나 맛이 덜할 때도 있다. 청국장은 발효와 숙성의 시간을 거쳐 오롯이 그것을 만드는 사람만의 맛을 낸다. 겉으로 티를 팍팍 내서 괴롭기도 하지만 티를 낸 만큼 기막힌 맛을 낸다.

청국장을 볼 때마다 아버지가 생각난다. 종양 진단을 받았을 때, 아픈 나보다 더 야윈 아버지와 처음으로 같이 먹은 음식이 청국장이었다. 일주일 뒤, 아버지는 평생 피우던 담배를 끊었다. 냄새 폴폴 풍기는 청국장처럼 티 나게 나를 응원했다. 자신이 평생 사랑하던 것을 멀리하며 아들을 응원하는 진심이야말로 청국장 냄새보다 짙은 아버지의 마음이었다. 때로는 티를 내도 괜찮은 법이다.

오늘은 이거 먹고
내일은
그거 먹어야지

4
부

겨울철 우리 집 바닥이 미끄러운 이유, 곰탕

겨울의 시작은 늘 곰국이었다. 찬 바람이 불면 어머니는 으레 커다란 들통을 꺼냈다. 들통이 보이기 시작하면 집안은 온종일 수증기로 가득 찼다. 마룻바닥은 미끄럽기 짝이 없었다. 어릴 때는 우리 집이 주유소와 가까워서 바닥이 미끄럽다고 생각했다. 알고 보니 한 달 내내 고아지는 사골 뼈가 범인이었다. 어머니는 맑은 물이 나올 때까지 뼈를 수십 번 이상 달였다. 그 국물에 밥을 말고 송송 썬 대파와 후추를 넣어 물릴 때까지, 아니 아무리 물려도 겨우내 먹는 계절 음식이 곰국, 곰탕이었다.

곰국을 추억하자면 어머니보다 할머니가 먼저였다. 몇 살이었는지 기억도 나지 않는 시절, 나는 자글자글한 외할머니 손을 맞잡고 시장을 따라다녔다. 광주 송정리 시골 장날은 마치 잔칫집 같았다. 거대한 가마솥 아래에는 장작불이 모락모락 피어올랐다. 가마솥 한편에는 어느새 삼삼오오 모인 사람들이 뚝배기 하나씩을 앞에 두고 있었다. 이후에는 모두 일사불란하게 움직였다. 푹 고아낸 고깃국물에 따뜻한 쌀밥을 풍덩 말고, 촉촉한 국밥을 크게 한 숟가락 뜬다. 여기에 삶은 고기 한 점 올려 후후 입김을 불어가며 먹는다. 정신을 차려 보면 어느새 할머니와 나도 국밥 앞에 앉아 있었다. 외할머니는 행여 어린 손자가 혀끝이라도 데일까 봐 조글조글한 입으로 곰탕을 호호 불기 바빴다. 한 숟가락씩

내 입에 떠먹여지는 곰탕은 공양이나 다름없었다.

소고기뭇국과 갈비탕, 곰탕 맛을 구별하지 못하던 시절부터 나는 각종 소고깃국과 육회를 쉽게 접하고 살았다. 외가는 나주곰탕으로 유명한 광주인 데다가 친가 또한 소고기의 고향 함평이었기 때문이다. 가끔 할아버지 산소에 인사를 드리러 가면 으레 나주에 있는 '하얀집'의 곰탕 한 그릇을 포장했다. 고이 모시듯이 가지고 간 곰탕은 할아버지 산소에 귀하게 올려졌다. 지금까지도 시골 제사상에 소고깃국이 오르는 것은 당연한 일이다. 함평은 아버지의 고향이자 내겐 소고기의 고향이기도 하다.

성인이 되어서는 소고기로 만든 또 하나의 국밥을 만났다. 이름도 무시무시한 소머리국밥이다. 한번은 외국인 친구가 소머리국밥집 간판을 해석해달라고 했다. 그래서 'Cow head soup'라고 무시무시한 콩글리시로 읊어주었더니 기겁하며 소리를 질렀다. 그렇다고 해서 소머리국밥이 이름만 살벌했던 건 아니었다. 소머리를 통째로 넣고 고아내는 모습은 충격적이었다. 그렇지만 반전은 또 있었다. 국물과 고기는 엄청나게 맛있었고 우설이라 불리는 소 혀는 끝장나게 맛있었다. 맛 중에 그대로 보여지는 맛이 있다면 소머리국밥은 보여지는 것에 비해 숨은 맛이 큰 음식이다. 재료의 생김새가 어떠하든 소의 다양한 부위가 적극적으로 들어가면서 맛이 더 좋아진 건 분명하다.

맑은 곰탕도 소고기로 끓이지만 곰국이나 소머리국밥과는 대비된다. 뼈에서 나온 우윳빛 국물보다는 내장 부위에서 우러난 고기 향이 짙은 국물을 쓴다. 각각 따로 삶아낸 양지, 사태, 천엽이 들어가기도 한다. 누군가는 깍두기를 얹어 날계란 하나를 풀어서도 먹는다. 각자의 입맛에 따라 찬을 더해가며 음식을 취향 따라 즐긴다.

현재 명동에 본점을 둔 '하동관'은 맑은 곰탕으로 유명한 곳이다. 나는 이곳을 을지로에 본점이 있던 시절부터 뻔질나게 드나들었다. 하동관 곰탕 맛이 내 몸에 각인되었다고 말하고 다닐 정도였다. 요즘도 몸이 허하다고 느껴지면 하동관에 간다. 차돌박이와 내포(내장)가 추가된 스무공 곰탕을 시킨다. 만약 십전대보탕을 지어 먹을 돈이 있다면 나는 곰탕을 여러 번 먹을 것이다. 그것이 나만의 보양식이다. 밥알 하나 남기지 않고 싹 비운 놋그릇에 만족한 내 얼굴이 비친다. 이것이 곧 보약이다.

그녀의 SNS에는 없는 맛,

낭푼밥상

몇 해 전, 제주도에서 '한 달 살기'를 했다. 요즘 유행하는 '살아보기' 대열에 가벼운 마음으로 합류한 것이면 좋았겠지만 실상은 그렇지 못했다. 암 수술을 마치고 요양 목적으로 간 것이었다. 그래도 제주는 언제 가도 좋은 곳이어서 설레는 마음은 여전했다.

우선 바다색이 예쁜 월정리에 숙소를 정했다. 창문을 열면 파도 소리가 들리는 곳이었다. 매일 농협에 가서 장을 보고 오랜만에 내 손으로 밥도 직접 해 먹었다. 때로는 여행객처럼 동네 맛집과 카페에 들렀다. 해안의 자전거 도로를 따라 시원한 바람을 맞으며 자전거를 타기도 했다. 밤이면 한치잡이 배가 뜬 수평선을 보며 오늘을 잘 살아낸 나를 칭찬했고, 다가올 내일을 위해 다시 한번 심기일전했다. 마음이 너그러워지는 풍경, 신선한 공기, 자연 그대로의 귀한 식재료까지 자연은 매 순간이 놀라웠다. 감사하게도 이 모든 것들이 모여 바닥났던 내 몸의 에너지가 서서히 차올랐다.

제주가 내게 준 것은 또 있었다. 지금은 비록 요리를 잠시 쉬고 있지만, 내가 다시 셰프의 자리로 돌아갔을 때 무엇을 하고 싶은지, 무엇을 해야 하는지 고민하는 계기를 마련해주었다. 한림읍에 있는 '차롱'에 방문하고 나서다.

모던 한식 레스토랑 차롱은 제주의 식재료로 제주의 향토음식을 현대적으로 요리하는 곳이다. 이곳에는 제주 음식의 미래를 위해 꾸준히 연구하는 임서형 셰프가 있다. 제주 출신인 임 셰프는 외국에서 익힌 실력과 어릴 때 먹고 자란 제주 밥상을 접목해 제주 음식의 현재를 생생하게 보여준다.

"제주에는 다른 지역에선 볼 수 없는 고유한 식재료가 많아요. 섬 특성상, 요리법이 크게 발달하지 못했지만, 바다와 들, 산에서 얻어지는 특별한 재료 자체가 음식을 돋보이게 만들죠."

수비드(저온 조리)로 부드럽게 익힌 제주산 돌문어와 제주 돼지를 오랜 시간 조리해서 만든 슬로우포크, 제주 구좌 당근에서 나온 자연스러운 단맛, 제주 바다의 향기를 담은 해초와 생선…. 임 셰프의 음식을 먹고 나면 그녀가 이야기하는 제주산 재료의 매력이 충분히 이해된다.

마지막으로는 낭푼밥상이 기다리고 있다. 낭푼밥상은 하루 내내 물질을 해야 했던 제주 해녀들의 밥상이다. 큰 양푼에 감자와 밥을 넣고 젓갈, 김치, 쌈 채소 등을 곁들여 식구들이 언제든지 밥을 먹을 수 있도록 상에 차려놓았던 것을 일컫는다. 해녀의 고단한 일상이 묻어나는 밥상이지만 이제는 제주만의 건강한 한 끼다.

임서형 셰프의 낭푼밥상에는 그때그때 다른 밥과 찬이 오른다. 제주 생선조림이나 구이, 해조류를 넣은 밥, 콩장, 나물, 장아찌, 김치, 쌈 채소 등 정갈한 제주식 백반이다. 물론 모두 제주에서 나고 자란 식재료다. 앞서 나온 음식이 재료 하나하나를 음미하면서 플레이팅까지 즐기는 코스였다면, 낭푼밥상은 서로서로 밥을 떠주고 반찬을 나누어 먹는 푸근한 상차림이다. 다이닝 레스토랑에 온 것 같다가도 넉넉한 한식집에 온 것 같은 다채로움이 차롱에서 펼쳐진다.

제주도에서 고기국수와 한치튀김을 먹기 위해 줄 서는 것도 좋다. SNS에서 유명한 맛집을 찾아서 인증사진을 올리는 것도 추억이다. 모둠회와 방어회를 먹기 위해 렌터카를 타고 길 위에서 시간을 보내는 일도 딱 한 철이기에 가능할 수 있다. 하지만 한 번쯤 이런 경험을 해본 분들이라면 또 다른 한 번쯤은 제주의 미래가 담긴 음식을 찾았으면 한다. 차롱에서 한 끼를 경험하고 나면 내가 전하고 싶은 이야기가 무엇인지, 임서형 셰프가 관광객이 즐비한 고향 깊숙한 곳에 터를 잡고 제주 음식을 지켜내려는 이유가 무엇인지 분명히 느끼게 될 것이다.

세계음식 전문가인 강지영 선생님에게 그해 먹었던 많은 음식 중에서 차롱의 음식이 가장 기억에 남는다고 했다. 선생님도 나와 같은 생각이었다. 임서형 셰프의 음식이 무척 마음에 들었단다.

"이유야 간단하지. 맛이 있으니까. 그리고 다른 곳에는 없는 맛이니까."

이런 맛은 SNS에서 찾을 수 없다.

한국인의 인심을 담은 순댓국 한 그릇

주머니가 가벼운 20대 시절에는 안주 하나를 더 시키는 것조차 굉장한 호사였다. 술국 하나를 시키고 공짜 국물만 채워가며 먹던 술자리가 부지기수였다. 안주 하나 없이 깡 소주를 보약처럼 들이켜던 시절이었기에, 술국이라도 있는 날이면 술자리는 늘 아침까지 이어졌다. 덩치 좋은 사내 여럿이 옹기종기 앉아서 술국 하나만 시키는데도 순댓국집 이모는 우리를 반가워했다. 군말 없이 순대와 내장을 서비스로 더 넣어주었다. 술자리에서 실수는 해도 예의는 잃지 않으려 했던 우리의 호기는 순댓국집 이모로부터 비롯되었다. 그 시절 인심을 거스르지 않으려 했던 청춘의 자존심이었다.

본래 술국은 술로 허한 속을 달래는 음식으로 보통 해장국과 같은 의미를 지닌다. 하지만 순대 술국은 그 반대다. 밥을 제외하고 안주로 먹을 수 있는 내용물을 추가하여 넉넉히 끓여낸 국을 말한다. 모름지기 애주가라면 술국과 함께 비워낸 술병을 셀 수조차 없을 것이다.

순대 술국에는 전설이 있다. 예수가 떡 5개와 물고기 2마리로 5천 명을 먹였다는 불가사의한 사건 '오병이어'의 기적이 술국에서도 일어난다. 술국의 국물이 무제한이기 때문에 가능한 일이다. 국물을 더 달라고 하면 대한민국 순댓국집 이모들은 국물만 채워주지 않는다. 소주를 시키면 지치지도 않고 순대를 더 넣어 팍팍 끓여준다. 하물며 서비스로 돼지 머릿고기를 썰어 내주는 집도 있다. 우리는 때로 술을 즐기기 위해 먹기도 하지만, 취하기 위해 먹는 '인사불성'의 집념을 가진 민족이다. 그리하여 끝날 때까지 정녕 끝나지 않는 것이 대한민국 술자리이기에 술국 추가는 영원해야 한다.

"순대는 나의 운명."이라고 말하는 여인을 알고 있다. 돈을 버는 족족 세계의 다양한 순대를 찾아 떠나는 남다른 인물이다. 『순대실록』의 저자이자 동명의 순대 브랜드 CEO 인 육경희 대표는 순대에 대한 지식과 애정이 대단한 수준이다. 옛 조리서인 『시의전서』에 나온 순대 조리법을 현대화시키고, 이탈리아의 소시지 장인 자코모 페레티를 초청하여 순대 협연을 선보인 분이다. 시뻘건 선지를 손에 잔뜩 묻히고 순대 속을 채워나가는 육 대표가 사뭇 진지하게 이야기한다.

"순대의 매력은 하모니예요."

일리 있는 말이다. 순대는 돼지 앞다릿살과 선지, 당근, 두부, 파, 당면, 찹쌀, 대파, 배추, 미나리, 양배추, 삶은 무, 양파, 부추 등 22가지 재료를 돼지 창자에 넣어서 만든다. 이렇게 많은 재료가 잘 어우러지려면 재료의 비율이 중요하다. 시대가 시대인 만큼, 맛을 돋우기 위한 변주 또한 연구해야 한다. 젊은 사람은 세련된 맛을 원한다. 나이가 지긋한 분은 뭉근하고 구수한 옛 맛을 그리워한다. 육 대표가 만드는 순대와 순댓국은 구세대와 신세대의 기호에서 모든 가능성을 찾으려고 애쓴 흔적이 역력하다.

이러한 노력 덕분인지 순댓국집에는 세대교체가 없다. 세대가 혼용된다. 술국과 순대를 안주 삼아 아들딸이 아버지의 술잔을 채운다. 퇴근 후에는 수많은 직장인이 순대볶음에 술잔을 기울인다. 신림동 순대타운의 백순대집은 여전히 대학생에게 인기 있는 곳이다. 그야말로 우리 음식의 긍정적인 변주다.

내가 순댓국을 먹으러 달려갈 때는 주로 두 가지 이유 중에 하나다. 우선 몸에 기력이 떨어질 때다. 뽀얀 국물에 얼큰한 양념장을 풀고 밥은 반 공기만 말아 얼른 한술 뜬다. 순대와 부속 고기는 새우젓에 찍어 먹는다. 중간중간 청양고추도 덥석 베어 문다. 뚝배기를 기울여 남은 국물도 남김없이 먹어야 온몸에 땀이 차오른다. 잘 달궈진 뚝배기처럼 뜨끈해진 몸으로 순댓국집을 나설 때면 어느새 심장이 팔딱팔딱해진다.

사는 게 조금 힘들다고 느껴지는 순간에도 내 선택은 순대다. 주로 광장시장이나 신림동의 순대타운에 가서 좌판에 걸터앉는다. 막걸리 잔술에 당면순대를 안주 삼아 먹다 보면 마음이 설레기도 하고 저릿하기도 하다. 순대 한 점에 술국마저 아껴 먹던 지난 시절을 떠올린다. 저렴하지만 인심 좋은 순대가 각박한 세상에서 살아갈 만하다고 넉넉하게 이야기한다. 이래서 사람들에게는 저마다의 소울 푸드가 필요한 법이다.

떡볶이가 있어서 다행이야

가끔은 그런 생각을 한다. 떡볶이가 있어서 참 다행이라고. 아직까지 남아 있어줘 정말 고맙다고.

내가 어렸을 땐 떡볶이가 불량식품 취급을 받던 시절이

었다. 초등학교 문방구나 작은 분식집에서 밀떡볶이를 말랑해질 때까지 푹 졸여서 팔았다. 밥보다 맛있었던 떡볶이는 나 혼자만의 첫 외식이었다.

신당동과 흑석동에는 DJ가 음악을 틀어주는 일명 '떡볶이 하우스'가 있었다. 버너를 앞에 두고 떡볶이와 튀긴 어묵, 라면, 쫄면 등을 넣어 끓여내는 즉석 떡볶이 스타일이었다. 취향에 따라 토핑을 추가해서 먹을 수 있었는데, 특히 쫄면 사리는 언제나 한 번 더 추가해서 먹을 정도로 맛이 좋았다. 그래서 신당동의 어느 떡볶이집에 들어가도 여학생들의 사리 추가를 외치던 낭랑한 목소리를 들을 수 있었다.

그 무렵 떡볶이에도 변화가 일어났다. 소스에 춘장을 넣어 만든 짜장떡볶이가 동네 곳곳에 모습을 드러냈다. 짜장면과는 또 다른 매력 때문에 한순간에 학생들의 인기 메뉴가 되었다. 그래도 매콤하고 달콤한 원조 떡볶이의 인기는 사그라지지 않았다.

고등학생 시절에는 떡볶이집이 학생들의 피난처이자 은신처가 되어주었다. 몸이 아파 조퇴한 친구도, 갑자기 집

안에 일이 생겨 등교가 어려워진 친구도 모두 떡볶이집 쪽
방에 모여 있었다. 한 손에는 만화책을, 한 손에는 차갑게 식
어 순대와 범벅이 된 떡볶이를 포크에 찍어 든 채였다. 어쩌
다 학생주임이 순찰을 돌면 떡볶이집 이모는 사정없이 장롱
문을 열어젖혔다. 이미 몸집만은 장정인 남자 녀석들이 퀴
퀴한 냄새가 나는 작은 옷장 속에 연습장처럼 포개어졌다.
하마터면 들킬까 봐 숨죽이며 내쉬던 들숨과 날숨에서는 떡
볶이와 순대 냄새가 났다.

이후에는 쌀떡볶이가 전국으로 퍼지면서 판세를 뒤집었
다. 떡볶이는 불량식품에서 식사로, 학교 앞 분식에서 요리로
발돋움했다. 밀떡이든 쌀떡이든 관계없이 떡볶이는 우리에
게 밥이 되었다. 국물이 많은 국물떡볶이에는 남은 국물에 김
가루와 밥을 넣고 볶아 먹는 게 정석이 되었을 정도다.

이제 떡볶이는 우리나라 음식을 대표하는 메뉴로 자리
잡으며 해외에 소개되는 영광을 누리기도 한다. 세계의 다
양한 요리와 접목한 퓨전떡볶이, 값비싼 송로버섯을 얹은
트뤼플떡볶이까지 등장했다. 와인 바나 호텔 행사 메뉴에도

애피타이저나 간식으로 떡볶이가 종종 오른다. 이것이 떡볶이를 먹고 자란 세대의 기호를 말해주며, 우리가 떡볶이와 함께 성장해왔음을 시사한다. 다수가 좋아하고 그리워하는 메뉴인 것이다.

예전에 다니던 작은 떡볶이집은 거의 다 없어졌지만 반포의 '애플하우스'는 여전히 손님들이 줄을 서는 곳이다. 내 또래의 사람들이 추억의 맛을 못 잊어 찾기도 하고, 학생들이 교복을 입고 오기도 한다. 이외에도 부산 '다리집', 대구 '중앙떡볶이', 서산 '알개분식', 해운대 '상국이네김밥'은 여행길에서 빠지지 않는 코스다.

떡볶이가 부담스럽지 않은 가격이라서 정말 다행이다. 튀긴 만두나 김밥을 곁들여도, 사이다 한 병을 같이 먹어도 기분 좋은 가격이기에 각 세대를 통과하며 오랫동안 이어지는 추억과 시간이 있다.

최고의 요리 선생님이
모인 재래시장

반찬

서두른다고 서둘러서 왔는데 결국 늦어버렸다.

"헉, 이모, 남은 게 그게 다예요?"

동네 재래시장 안, 이모네 반찬가게에서 파는 꽃게무침은 이미 동나서 손바닥만큼 남아 있었다. 늦게 가면 양념 맛도 못 볼 정도로 동네에서는 소문난 반찬이었다. 시장 입구부터 목적지까지 한눈 한 번 팔지 않고 왔는데 오늘은 이쯤에서 만족해야 했다.

언젠가는 반찬가게 이모가 내게 양념장 레시피를 알려준 적이 있었다. 이모에게 듣고 적은 그대로 만들었지만 무언가가 부족한 맛이었다. 분명 이모가 이야기하지 않은 재료가 있는 게 분명했다. 그리고 내 예상은 적중했다.

"이거 진짜 알려주면 안 되는데…. 이 고추장이 그냥 고추장이 아니야. 시골에서 따온 감을 넣어서 만든, 내가 직접 만든 고추장이거든."

커다란 양념통에 고춧가루와 액젓이 자리를 잡는다. 감으로 단맛을 낸 고추장을 한 국자 넉넉하게 넣어 섞는다. 고추장 속에 녹아내린 감의 감칠맛이 단맛을 은은하게 움켜쥐고 있다. 갖은양념이 사뿐히 스미면 조금은 뻑뻑한 양념장 사이로 조청을 흘려보낸다. 양념에 번질번질 윤기가 흐르고 참기름과 생강 향이 돌면 3일 밤을 냉장고에서 숙성시켜 맛을 깊숙이 내려앉게 만든다.

꽃게는 연평도의 연한 꽃게를 사용한다. 잡히는 대로 급속 냉동되었던 꽃게가 이모의 빨간 대야에서 서서히 몸을 녹일 즈음, 숙성을 끝낸 양념장에 꽃게를 풀어놓는다. 꽃게와 양념장이 서로 얽히고설키면 남다른 꽃게무침이 된다. 꽃게 몸통 하나를 들어 앞으로 야무지게 몸통을 훑으면 매콤하고 달콤한 꽃게 살이 입안에 넘쳐흐른다. 꽃게를 다 먹고 양념장만 남아도 한두 끼는 이것만으로도 충분하다. 고추장에 넣은 감 하나가 양념장도 귀하게 만든다.

시장에 가면 맛있는 음식도 있지만 최고의 요리선생님을 만날 수 있다. 시장 이모들은 수십 년 동안 식재료를 팔면서 직접 요리해 먹어봤기 때문에 집집마다 대단한 내공과 특색이 담긴 레시피를 가지고 있다.

"눈개승마(삼나물) 처음 보지? 요것이 요맘때만 나오는 나물이여. 향이 날아가면 안 되니까 살짝만 데쳐서 고추장이랑 들기름, 마늘, 깨소금 넣고 쓱쓱 무쳐봐."

"이 청국장은 된장하고 7 대 3 비율로 넣고 돼지고기랑 신 김치 좀 볶다가 두부 좀 넣고… 알지?"

마포에서 사는 8년 동안 용문시장은 나의 오랜 친구였다. 시장 골목 안의 순댓국집, 해장국집, 국숫집, 닭곰탕집, 꼬막집, 닭집, 횟집, 김밥집은 물론이며 채소가게, 정육점, 생선가게, 반찬가게, 포목상, 주방용품점까지 하루가 멀다고 드나들던 곳이다. 이곳에서 보고 듣고 배운 이모들의 레시피만 모아도 책 한 권이 될 것이다.

마트는 물건을 사러 가지만 시장은 놀러간다. 별로 살 것이 없어도 이리저리 둘러보다가 양손 가득 무언가를 담아오게 되는 곳이 재래시장이다. 처음 만나는 이모가 때로는 가족보다 살가울 때도 있다. 우리들 사이에는 적의가 없기 때문이다. 미워하는 마음이 없고 이용하는 마음이 없고 비교하려는 마음이 없다. 복작복작한 시장 안에서 만나는 이모들의 느슨한 마음은 때론 빛이 난다. 결국 한 손에서 달랑대는 검은 봉지 안에는 시장에서만 느낄 수 있는 인심과 덤과 에누리가 담겨 있다.

오직 제주에서만 만날 수 있는 진짜 고기국수

홋카이도의 겨울은 매섭고 추웠다. 온천 마을 하코다테에서 선택한 저녁 식사는 소금라멘이었다. 라멘집 실내는 난로 위의 뜨거운 주전자에서 나온 수증기로 훈훈함이 맴돌았다. 주문 전에 내어주는 따뜻한 차 한 잔에 종일 꽁꽁 얼어 있던 몸이 스르르 녹았다.

얼마 지나지 않아 기다리던 소금라멘이 나왔다. 그릇의
바닥이 훤히 보일 정도로 국물이 맑고 깨끗했다. 얌전하게
똬리를 튼 면 위에는 부드러운 차슈 몇 조각과 아주 가늘게
썬 대파, 깨소금이 가지런히 올라가 있었다. 누가 먼저랄 것
도 없이 국물부터 마셨다. 뜨겁고 담백한 국물이 온몸을 따
뜻하게 훑고 지나갔다. 이제 젓가락을 들고 단단한 라멘 똬
리를 풀 차례. 한 올 한 올 풀어진 면발과 투명한 국물은 몇
분만에 내가 무엇을 먹었는지 가늠할 수 없을 정도로 흔적
없이 사라졌다.

내게 라면은 이런 음식이다. 음미할 새도 없이 순식간
에 그릇을 비워낸다. 관동 지방 간장라멘, 관서 지방 미소라
멘, 돈코츠라멘 등 우열을 가릴 수 없다. 하지만 가끔은 라멘
을 먹다가 화가 나기도 한다. 라멘은 전 세계적으로 유명한
음식이 되었는데 우리나라 국수 중에는 그만한 반열에 오른
것이 없다. 물론, 라멘은 향토의 풍미와 맛의 특징을 정말 잘
반영한 음식이긴 하다. 게다가 일본 고유의 문화를 독특함

으로 포장해 음식 마케팅까지 성공하였다. 우리나라에도 칼국수가 있고 고기국수가 있는데 부러울 따름이다. 특히 제주의 고기국수는 일본 라멘에 필적할 만한 대단한 음식인데 말이다.

제주의 고기국수는 돼지고기와 돼지 뼈를 푹 삶아 소금으로만 간한다. 이 국물에 면을 넣고 삶아 돼지고기 수육 몇 점을 고명으로 올린다. 주로 돼지 한 마리를 잡는 잔칫날이나 귀한 손님상을 치를 때 내는 음식이다. 고기국수의 육수를 돼지로 우려내는 것도 특별하지만 더 특별한 것은 면발에 있다. 서울에서는 주로 가느다란 소면을 사용하지만 제주에서는 중면처럼 두툼한 면을 사용한다.

언뜻 보면 고기국수는 경상도의 돼지국밥과도 비슷하고 일본의 돈코츠라멘과도 사촌지간쯤으로 보인다. 한데 사용하는 재료의 부위와 비율이 다르다. 라멘은 구운 돼지고기 외에도 닭발이나 소뼈 등을 섞어 복합적인 맛을 낸다. 돼지국밥은 뼈보다는 고기 비율을 높여 담백한 맛을 낸다. 고기국수는 돼지 사골을 넣어 깊고 진한 맛을 뽑아내는 게 특징이고 사용하는 돼지마저 남다르다. 우리가 익히 알고 있는 제주 돼지로 맛을 낸다. 그래서 그런지 고기국수는 아무리 같은 재료를 써서 만들어도 제주도의 맛이 나지 않는다. 제주의 돼지고기, 제주의 물과 공기가 섞여 진하고 묵직한 맛을 낸다. 제주와 호흡하지 않은 것이 섞이면 쉽게 맛을 내주지 않나 보다.

고기국수가 제주도 대표 음식이라고 할 수는 없다. 그렇다고 대표 음식이 아니라고 할 수도 없다. 제주 해녀가 직접 채취한 해산물로 만든 제주식 된장물회가 진짜 향토음식일 수도 있다. 누군가에겐 고사리를 넣고 푹 끓인 해장국이나 생선 넣고 배추 넣고 끓인 생선국이 진짜 제주 음식으로 여겨진다. 지역의 대표 음식은 그 지역이 정하기도 하지만 때로는 내 입맛이 결정한다. 내게는 고기국수가 제주도를 대표하는 음식 중에 하나로 아주 오래전부터 자리 잡았다.

이제는 고기국수를 먹으려면 줄 서지 않는 곳, 유명하지 않은 집을 찾아가는 것이 현명할 만큼 제주의 관광 코스가 되었다. 수많은 사람이 줄을 서고 시간을 할애해서라도 먹고야 만다. 가끔은 그들의 기다림에 나도 동참할 때가 있다. 제주는 그 섬에서만 진짜 고기국수 맛을 허락한다고 생각하기 때문이다. 일본에 라멘투어가 있듯이 언젠가는 숨어 있는 제주 고기국수 투어를 해도 괜찮겠다. 과연 제주의 '국수만찬'과 '춘삼이네 멸치국수'를 잇는 나의 다음 국숫집은 어디일까?

새로이 시작하는 날,
다시

삼겹살구이

한때는 목수가 되고 싶었다. 나무와 흙, 종이, 돌, 물 등 각각의 다른 물성을 절묘하게 연결하는 힘이 나무라 여겼고, 그 힘을 빌려 쓰는 사람이 목수라고 생각했다. 그러나 나는 용기가 없었다. 수없이 많은 공력을 들여야 하는 목수 일을 감당할 자신이 없어서 포기하고 말았다.

요리사로 살면서도 가슴 한편에 목수의 꿈을 간직하고 있던 어느 날, 나는 뜻밖의 선물을 받았다. 존경하던 정희석 작가님이 내게 어린아이 키만 한 높이의 수제 도마를 선물한 것이다. 작가님이 주신 선물의 감동과 기쁨은 말로 표현할 수 없을 정도였다. 하지만 나는 아직도 그 도마를 사용하지 못했다. 나무가 가진 에너지를 감당할 수 있을 만큼 마음의 준비가 되지 않았기 때문이다.

도마 하나 쓰는 데 무슨 마음의 준비까지 필요하냐고 묻는 이도 있을 것이다. 하지만 도마에 손을 대고 있으면 나무의 생명력이 느껴진다. 생명이 있는 도마를 쓸 수 있는 사람은 마음가짐 또한 그 나무에 지지 않을 만큼 강한 사람이어야 한다. 나는 지금 어린아이의 손에 쥐어진 풍선 같은 삶을 살고 있다. 언젠가 다시 셰프로 복귀하는 날, 나는 정희석 작가의 도마를 조리대 위에 올릴 것이다. 그리고 그때 오랜 시간과 정성을 들여 나만의 삼겹살 요리를 만들 것이다.

새로운 시작에 삼겹살을 선택한 데는 이유가 있다. 우리가 흔하게 먹는 음식이 삼겹살이지만, 삼겹살에 공력을 들이면 근사한 요리가 된다. 지금까지 먹어온 삼겹살과는 차원이 다른 맛을 낸다. 대중적인 재료가 새로운 맛이 되는 것을 나는 먼 이탈리아에서 경험했다.

이탈리아 피에몬테 지역에서 가장 맛있게 먹은 음식은 다름 아닌 삼겹살구이였다. 직원들을 위한 주말 특식으로, 와인에 반나절 동안 재워둔 돼지고기를 트뤼플소금으로 간하고 포도 잎으로 감싸서 무쇠냄비에 구워냈다. 신기하게도 고기에서 수분이 하나도 빠져나가지 않았는지 부드럽고 촉촉했다. 동시에 포도 향이 고기의 누린내를 잡아주어 은근한 단맛이 돌았다. 아마도 이 요리의 비법은 포도 잎인 듯했다. 굳이 허브를 넣지 않아도 양파와 마늘, 포도만으로도 이렇게 근사하고 고급스러운 삼겹살 요리가 될 수 있다는 것이 놀라웠다.

이 방법과는 조금 다르지만 내가 좋아하는 레시피도 시간이 필요하다. 영국의 셰프 고든 램지의 슬로우포크 레시

피로, 삼겹살에 염지를 하고 칼집을 넣어 천천히 오븐에 구워내는 방식이다. 때로는 사과나무 칩을 태워 향을 입히기도 하고, 허브에 재워 맛을 더하기도 한다. 똑같은 고기라도 조금 더 고민하고, 귀찮더라도 손이 한 번이라도 더 가면 한 단계 업그레이드된 음식이 만들어진다.

결국 삶과 음식은 똑같다. 공들인 만큼 공든 맛을 낸다. 내 몸에 공들이는 만큼 정희석 작가의 도마를 쓸 수 있는 날이 빨리 다가올 것이라 믿는다. 그때는 고든 램지의 레시피가 아니라 나만의 새로운 삼겹살 레시피를 여러분에게 소개하겠다.

삼겹살 오븐구이

재료

통삼겹살 1kg, 소금 약간, 후춧가루 약간, 다진 마늘 2큰술,
월계수 잎 약간, 펜넬시드 약간, 팔각 3개, 셀러리 2대,
올리브오일 약간, 화이트와인 2컵, 닭육수 5컵,
홀그레인머스터드 1큰술

만들기

1. 통삼겹살은 껍질 쪽에만 양쪽 사선 방향으로 칼집을 넣어 다이아몬드 무늬를 만들어주세요.

2. 고기 전체에 소금, 후춧가루를 골고루 묻혀 20분 이상 실온에서 염지해주시고요.

3. 달군 팬에 올리브유를 두르고 펜넬시드, 팔각, 셀러리, 월계수 잎을 넣고 볶아 향을 냅니다.

4. 염지한 고기를 팬에 넣고 겉면만 노릇하게 익도록 껍질부터 돌려가며 황금색으로 구워주세요.

5. 오븐을 180도로 예열하고 오븐 팬에 구운 고기, 와인, 닭육수를 넣고 2시간 동안 익히다가 다시 윗면에만 포일을 덮어 30분간 더 구워요.

6. 고기는 먹기 좋게 썰고, 남은 국물과 홀그레인머스터드를 팬에 넣고 졸여 소스를 만든 다음, 고기에 곁들여 먹어요.

정신우 셰프의
이번 생엔
꼭 먹어보자고요

1년 12개월 매달 제철 재료를 먹을 수 있는 숨은 식당을 소개합니다.

후식이 없으면 서운하니까 디저트가 맛있는 곳도 알려드릴게요.

서울에 사시는 분, 서울에 놀러 오시는 분들을 위해

서울의 밥집과 고깃집까지 풀어놓았으니

정신우 셰프가 좋아하는 맛집으로 먹방 여행을 떠나봅시다!

01
月

겨울 바다에 가서 아귀랑 복어랑 매생이,
명태를 안 먹으면 그대는 바보

아구찜

망미본점 | **옥미아구찜**

오랜 전통을 가진 식당으로 국물 없이 잘 졸인 스타일의 아구찜이 나온다. 아구찜에 추가하는 쫄면 사리, 추가 메뉴인 김치계란말이까지 모두 맛보길 추천한다.

부산광역시 수영구 망미번영로55번길 35

051-754-3789

복어 요리

대복집

복어 명인이 자존심을 걸고 요리하는 복 전문점. 회, 탕, 찜, 샤브 등의 단품은 물론 이 모든 것을 풀코스로 먹을 수 있다.

서울특별시 중구 세종대로14길 22

02-755-0189

복국과 복수육

남포식당

복국과 복수육으로 부산 주당들의 안주와 숙취를 동시에 해결해준 집이다. 맑고 깔끔하게 끓여낸 복국이 인상적이다.

부산광역시 서구 충무대로 169-1

051-254-8029

매생이떡국과 매생이탕

장흥식당

여수 사람들이 찾는 식당으로 매생이떡국과 매생이탕이 유명하다. 새해 첫날 매생이 산지에서 매생이떡국으로 한 해를 시작해도 좋겠다.

전라남도 여수시 대치3길 9-10

061-653-2670

명태 요리

별난명태 |

한겨울에 즐기는 보양식 명태 요리를 다양하게 즐길 수 있다. 탕, 전골, 찜, 구이 등이 맛있고 양도 푸짐한 편이다.

경기도 파주시 새꽃로 125

031-947-8002

코다리 요리

밥도둑 | 코다리 |

코다리찜, 코다리냉면, 동태탕 등 맛있는 매운맛이 정말 밥도둑이다. 코다리조림은 청양고추로만 매운맛을 낸다고 한다.

경기도 고양시 덕양구 북한산로 525

02-357-8892

02
月

**대지의 생명 봄동과 바다의 영양 톳 밥상으로
겨울이여, 안녕~**

멜국

식당 | 앞뱅디 |

봄의 기운이 물씬 담긴 건강한 멜국(멸치국)은 제주에 가면 꼭 먹어봐야 한다. 봄동과 멸치의 어울림이 담백하고 시원하다.

제주특별자치도 제주시 선덕로 32

064-744-7942

게국지

꽃게집 | 꽃지원조 |

게국지는 서해의 대표적인 음식으로 절인 배추와 꽃게를 넣고 끓인다. 봄동무침을 넣고 끓여 일반 꽃게탕보다 시원한 맛을 낸다.

충청남도 태안군 안면읍 꽃지1길 185

041-673-9989

보리비빔밥

금복식당

서귀포 매일올레시장에 위치한 제주 할망의 저렴한 비빔밥집.
직접 가져다 먹는 나물과 쌈 채소에서 훈훈한 인심이 느껴진다.

제주특별자치도 서귀포시 중앙로62번길 18 서귀포시공영주차장

064-762-2243

톳 요리

톳국수 | 톳나라

톳의 매력을 느낄 수 있는 톳 요리 전문점. 주인장이 직접 개발한
톳 요리답게 모든 요리에 톳이 들어간다.

대구광역시 동구 장등로 88 태영빌딩

053-753-0333

몸국

신설오름

제주 돼지와 톳을 넣고 끓인 보양식 몸국이 유명한 집이다. 관광객
보다는 제주 도민이 찾던 식당으로 국물의 점도가 높아 걸쭉하다.

제주특별자치도 제주시 고마로17길 2

064-758-0143

03
月

미식가가 1년 내내 기다리는 한 철에는
숭어와 새조개와 멍게가 있었답니다

숭어회

시장 | 작은수산

제철 해산물만을 취급하는 해산물 전문가의 식당이다. 숭어철에
는 차원이 다른 숭어를 맛볼 수 있다.

서울 용산구 한강대로62가길 4

02-790-1045

숭어찜

효봉포차

젊은이들의 안주 성지이자 숭어찜으로 유명한 주점이다. 튀긴 숭어 한 마리의 살을 발라 그릇에 깔린 자작한 소스에 찍어 먹는다.

서울특별시 마포구 와우산로18길 12

02-337-3381

새조개샤브샤브

순천식당

한 철 잠깐 먹을 수 있는 새조개샤브샤브를 판다. 쫄깃한 조갯살과 시원한 국물 맛을 보면 봄마다 새조개를 찾게 된다.

서울특별시 동작구 노량진로 82

02-817-3222

멍게비빔밥

목포명가

멍게비빔밥 한입이면 입안에 바다의 싱그러움이 담길 만큼 멍게가 듬뿍 들었다. 말이 필요 없는 맛이다.

서울특별시 강남구 삼성로100길 23-22

02-558-9412

멍게비빔밥

들름집

비법 양념간장을 곁들인 이 집의 멍게비빔밥은 가성비가 뛰어나다. 근처의 직장인들이 점심에 줄을 서서 먹는 곳.

서울특별시 서초구 서초대로78길 56

02-585-8449

04
月

봄나물과 도다리, 주꾸미로 즐기는
제대로 된 봄맛 나들이

한정식

마방집

식욕을 돋우는 봄나물과 구수한 된장국이 차려내는 풍성한 한 상 차림. 100년 가까이 된 한옥의 운치는 덤이다.

경기도 하남시 하남대로 674

031-791-0011

한정식

예닮골

여주 한정식을 먹으면 봄나물을 거의 다 맛볼 수 있다. 장맛, 쌀맛이 좋기로 소문난 집이라 찌개와 밥도 훌륭하다.

경기도 여주시 북내면 여양2로 211

031-883-5979

도다리쑥국

마실

남도 제철 음식 전문점으로 봄맛 품은 도다리쑥국과 요리가 가득하다. 밥상, 술상으로 좋은 메뉴들이 남도의 맛을 자랑한다.

서울특별시 동작구 사당로 215

02-596-5260

주꾸미 요리

주꾸미 삼오

가족이 대를 이어가는 주꾸미계의 전설로 통하는 집이다. 적당히 매운 주꾸미구이와 전골이 유명하다.

서울특별시 서대문구 통일로 107-19

02-362-2120

주꾸미철판볶음

주꾸미 강촌원조

싱싱한 제철 주꾸미와 자연 그대로의 맛을 살린 양념장이 매력적인 주꾸미집이다. 주꾸미볶음에 올라간 미나리 향이 좋다.

서울특별시 서초구 남부순환로350길 36

02-575-4458

05
月

가족과 함께 여행도 가고 몸보신도 하고!
키조개, 소라, 다슬기 요리

삼합세트

숯불갈비 | 정남진만나

최상품 한우 암소와 키조개 관자가 입안에서 살살 녹는 맛을 낸다. 두꺼운 불판에 고기를 굽고, 불판 가장자리에 육수를 부어 관자와 키조개를 익혀 먹는다.

전라남도 장흥군 장흥읍 물레방앗간길 4

061-864-1818

소라덮밥

굴사랑 | 섬사랑

인천 모도로 여행을 가서 여행의 끝을 기분 좋게 장식하려면 이곳에서 제철 소라덮밥을 주문해보자. 해물 반찬 또한 맛있다.

인천광역시 옹진군 북도면 모도로50번길 10

032-752-7441

물회

횟집 | 주문진

아는 사람만 아는 진짜 맛있는 물회집이다. 황제물회와 황후물회라는 이름답게 양이 많고 가격도 비싼 편이지만 회와 해산물이 넉넉해서 마치 모둠회를 먹는 것 같다.

서울특별시 양천구 오목로 313-6 지하 1층

02-2645-4344

올갱이국

맛식당

괴산의 오래된 올갱이(다슬기)해장국 식당으로 집된장과 올갱이의 맛이 어우러져 시원하고 담백하다.

충청북도 괴산군 괴산읍 괴강로 12

043-833-1580

올갱이해장국

올갱이집

서촌의 가정식 백반으로 소문난 올갱이집은 점심에는 줄을 서야 먹을 수 있다. 시원한 올갱이해장국과 반찬이 딱 집밥이다.

서울특별시 종로구 필운대로 15

02-722-5324

06
月

초여름의 미식 알리미,
가지와 보리와 참다랑어의 참맛

어향가지

진진

왕육성 셰프의 중식당 진진은 모든 음식이 맛있다. 특히 보들보들한 중국식 어향가지는 꼭 시킬 것! 밥도둑이자 술 도둑이다.

서울특별시 마포구 잔다리로 123

070-5035-8878

미소가지덮밥

내일식당

데이트하기 좋은 선유도 공원 근처의 일본 가정식 식당으로 고기가 들어간 미소소스와 가지가 어우러진 미소가지덮밥이 맛있다.

서울특별시 영등포구 양평로22길 25

070-4191-4558

보리밥

길목식당

시골 할머니의 포근한 손맛이 그리울 때 찾는 곳이다. 신선한 채소와 보리밥 상차림이 깔끔하다.

경기도 남양주시 조안면 북한강로873번길 7

031-576-8761

보리밥

보리밥 | 서삼릉

다 같은 보리비빔밥이 아니다. 이 집은 텃밭에서 직접 키운 채소를 아침마다 수확해 푸짐하게 한 상 차려낸다.

경기도 고양시 덕양구 서삼릉길 124

031-968-5694

참치

강남본점 | 더참치

신선한 자연산 참치를 부위별로 맛볼 수 있는 참치 전문점으로 가격에 비해 질 좋은 참치가 나온다.

서울특별시 강남구 삼성로86길 26 2층

02-3452-6745

07
月

한국인의 원기 충전은 역시 이열치열!
닭, 장어, 갈치로 만드는 여름 보양식

한방백숙

유성식당

참옻나무로 고아내는 한방백숙 먹는 날은 몸보신하는 날. 더위가 오기 전에 한방 재료가 들어간 보양식을 미리 먹어두는 것도 똑똑하게 여름을 나는 방법이다.

서울특별시 종로구 수표로20길 17

02-2269-7362

삼계탕

호수삼계탕

부드러운 어린 닭을 걸쭉한 견과류 국물에 녹진하게 끓여낸 진한 삼계탕을 맛볼 수 있다. 들깻가루, 찹쌀가루, 땅콩가루를 섞은 걸쭉한 국물에 피로가 달아난다.

서울특별시 영등포구 도림로 274-1

02-848-2440

장어덮밥

함루

일본 나고야의 명물 장어덮밥(히츠마부시)을 제대로 만드는 레스토랑. 나고야의 방식에 따라 3가지 방식으로 먹고 마지막은 가장 마음에 드는 방식으로 마무리한다.

서울특별시 마포구 백범로 170

02-702-5252

장어구이

숯불장어 | 등대

숯불구이 갯벌장어구이를 먹고 마지막으로 찹쌀장어죽까지 먹다 보면 제대로 된 몸보신 코스가 완성된다.

인천광역시 강화군 길상면 초지로 142

032-937-0749

갈치조림

제주은갈치

적당히 매콤한 양념이 갈치와 만나 매력적인 갈치조림을 완성한다. 통통한 갈치 살과 감자와 무를 함께 먹고 남은 국물에는 밥을 비벼 먹는다.

서울특별시 관악구 관악로 139

02-884-7010

08
月

**여름의 끝 무렵, 미식가들의 밤에는
성게알과 열무와 민어가 있었노라니…**

성게알덮밥

미수식당

매력 넘치는 성게알덮밥과 맛있는 해물 안주가 가득한 요리 주점으로 늘 손님들로 북적인다. 당일 구매한 해산물은 당일 소진을 원칙으로 운영한다.

서울특별시 강남구 도산대로55길 43

010-9442-4522

성게알소바

미미면가

시원한 바다내음을 담뿍 담은 성게알소바가 인상적인 곳이다. 냉소바, 온소바 중에 골라 다양한 토핑을 추가할 수 있다.

서울특별시 강남구 강남대로160길 29

070-4211-5466

열무국수

진밭국수

국수 하나로 전국 국수마니아를 평정한 전설의 국수집이다. 잔치국수, 비빔국수가 기본 메뉴이다. 개인적으로 여름 한정 메뉴인 열무국수를 추천한다.

경기도 고양시 일산동구 진밭로 11

031-976-5190

민어회

청자횟집

목포의 식도락가들이 찾는 현지인 맛집이자 민어 전문점이다. 민어회를 비교적 저렴하게 먹을 수 있는 곳으로 회가 두툼하고 투박하게 썰어져 나온다.

전라남도 목포시 수강로 13-2

061-242-0633

민어탕

충무집

남해 스타일로 끓여낸 속 시원한 민어탕과 싱싱한 멍게가 듬뿍 올라간 멍게비빔밥이 주력 메뉴. 바다 향을 담은 밑반찬도 일품이다.

서울특별시 중구 을지로3길 30-14 수협뒷편(다동)

02-776-4088

09
月

지금이 아니면 자연이 주는 맛을 놓칠 수 있으니까
낙지, 고등어, 버섯, 많이 먹자고요!

낙지곱창전골

솔방천

땀을 뻘뻘 흘리며 먹고 나면 누구와 먹었는지 생각나지 않을 정도로 감칠맛이 풍부한 낙지곱창전골이 있다. 남은 진한 국물에 밥을 볶아 먹는 건 필수다.

서울특별시 강북구 한천로144길 75

02-906-4096

철판낙지볶음

세발낙지 | 목포

낙지 요리에 자부심을 지닌 낙지 명인이 운영하는 곳으로 철판낙지볶음과 제철 해산물 요리가 유명하다.

서울특별시 마포구 마포대로12길 21

02-713-7604

고등어조림

소문난식당

외관은 허름하지만 묵은지가 듬뿍 들어간 고등어조림 백반으로 유명해진 집이다. 김치와 고등어에 밴 깊고 진한 양념 맛이 밥을 부른다.

서울특별시 영등포구 도림로141가길 32-1

02-2635-0570

생선구이

고등어 | 산으로간

참나무 화덕에서 구워내는 생선구이 전문점. 화덕에서 구워 담백한 생선 맛이 일품이다. 뷔페식 반찬도 정갈하고 맛있다.

경기도 용인시 수지구 고기로 126

031-263-6823

버섯전골

산비탈

담백하고 건강한 버섯전골을 맛볼 수 있는 식당. 버섯과 두부가 푸짐하게 들어 있고 묵은지와 들깨가 구수한 맛을 낸다.

경기도 포천시 영북면 산정호수로 295

031-534-3992

10
月

새우, 더덕, 전어, 꽃게, 맛있는 것만 모인 10월은
바야흐로 살찌는 계절

꽃새우 요리

영번지 | 꽃새우

10월은 서해새우 대신 동해새우의 전성기다. 회, 찜, 구이, 간장
새우 등의 메뉴로 신선한 꽃새우가 먹기 좋게 손질되어 나온다.

서울특별시 강남구 언주로 536

02-501-2050

새우와 게

놀부수산

가락시장에서 소문난 게, 새우 직판장. 가족이나 지인 모임 시 싱
싱한 새우와 게를 저렴한 가격으로 먹을 수 있어서 좋다.

서울 송파구 양재대로 932 가락몰 1층 B 23

02-408-8372/ 010-3631-8372

더덕 요리

산채향

제주도산 유기농 더덕으로 요리하는 건강하고 맛있는 더덕 요리
전문점. 더덕밥, 더덕구이정식, 더덕장어구이정식, 한우떡갈비정
식 등 한정식과 단품 메뉴가 다양하다.

서울특별시 종로구 경희궁길 12

02-733-1199

전어 요리

전어마을 | 왕십리

가을 전어의 모든 맛을 한 번에 즐기고자 할 때는 당연히 이곳을 찾
는다. 전어회, 전어구이, 전어무침까지 한자리에서 즐길 수 있다.

서울특별시 성동구 무학로 12-1

02-2292-6831

꽃게탕

서산집 | **충남**

한 번 먹어보면 죽을 때까지 생각난다는 단호박꽃게탕집이다. 국물이 시원하고 감칠맛 나서 없던 입맛도 살려준다.

인천광역시 강화군 내가면 중앙로 1200

032-933-8403

간장게장

진미식당

어리굴젓, 감태, 서해꽃게로 담근 간장게장이 합쳐지면 최강의 밥도둑이 된다. 짜지 않아서 좋고 기본 찬인 게국지도 시원하다.

서울특별시 마포구 마포대로 186-6

02-3211-4468

11月

대게, 굴, 과메기, 방어,
이 맛에 매년 겨울을 기다릴 수밖에…

대게

모자대게

대게의 고장 영덕에서 즐기는 제철 대게 만찬. 제철이라 살이 꽉 찬 대게를 저렴하고 푸짐하게 먹을 수 있다. 밑반찬도 깔끔하다.

경상북도 영덕군 강구면 강구대게길 45

054-732-8454

굴 요리

천북 | **고향굴구이**

천북 굴 단지의 명소로 굴구이와 굴밥, 굴칼국수로 이어지는 굴 요리로 가득하다. 굴밥은 조리 시간이 20~30분 정도 걸리니 미리 주문할 것.

충청남도 보령시 천북면 홍보로 천북 굴구이 단지 내

041-641-8966

굴 요리

굴집 | 깐돌네

이곳 또한 천북 굴 단지의 명소. 양푼 가득 담긴 푸짐한 굴찜이 술을 부른다. 굴밥, 굴국밥, 굴칼국수 등 다양한 메뉴를 판매하지만 으뜸은 단연 굴찜이다.

충청남도 보령시 천북면 홍보로 천북 굴구이 단지 내

041-641-8816

과메기

해구식당

물건이 없어서 못 파는 해풍 맞은 과메기의 원조집이다. 꽁치과메기, 청어과메기 중에 선택할 수 있고 택배 주문도 가능하다.

경상북도 포항시 북구 중앙상가2길 18

054-247-5801

방어회

부두식당

제주도 모슬포항에서 제주산 대방어회로 소문난 식당이다. 가격만큼 크고 실한 통갈치구이도 유명하다. 바닷바람은 서비스.

제주특별자치도 서귀포시 대정읍 하모항구로 62

064-794-1223

방어회

바다회사랑

서울에서 만나는 그림 같은 대방어회. 다만 웨이팅은 필수다. 회 한 접시를 시키면 방어의 다양한 부위를 맛볼 수 있다.

서울특별시 마포구 동교로27길 60

02-338-0872

12 月

술자리 잦은 연말에 안주도, 해장도 다 되는
홍합, 황태, 꼬막, 돼지고기 요리

홍합 요리

섭성계마을	고성자연산

연일 손님이 끊이지 않는 집으로 자연산 홍합(섭)으로 만든 섭국, 섭밥, 섭무침 등이 있다. 자연산 섭에서는 진주가 씹힐 수도 있으니 조심할 것.

강원도 고성군 죽왕면 삼포민박촌2길 14

033-637-3412

황태 요리

황태회관

황태의 진미와 진국을 고스란히 담은 황태국밥과 황태구이. 서울에서 먹는 황태보다 살이 도톰하고 크기가 커서 만족도가 높다.

강원도 평창군 대관령면 눈마을길 19

033-335-5795

꼬막 요리

꼬막회관	정가네원조

벌교 바다의 진한 풍미가 느껴지는 꼬막정식은 줄을 서야만 맛볼 수 있다. 짱뚱어탕도 별미다.

전라남도 보성군 벌교읍 조정래길 55

061-857-9919

순대

할머니순대	원조연산

4대째 운영 중인 순대 맛집. 이곳만의 특별한 순댓국밥과 피순대 한 접시가 겨울밤을 뜨끈하게 채워준다.

충청남도 논산시 연산면 황산벌로 1525

041-735-0367

김치와 돼지고기 요리

서대문본점	한옥집

편안한 가정집 같은 곳에서 김치와 돼지고기로 만든 겨울 진미 밥상을 만날 수 있다. 김치찜, 수육무침, 김치찌개가 모두 맛있다.

서울특별시 서대문구 통일로9안길 14

02-362-8653

언 제 나
영 순 위

고기에도 성지가 있고 밥집에도 고수가 있다!
서울에서 만나는 인생 고깃집과 밥집

불고기

<table>
<tr>
<td rowspan="1">서울불고기</td>
<td>옛맛</td>
<td>온몸에 고기 냄새 배어가며 먹는 달달한 서울식 국물불고기. 양이 어마어마하게 많다. 고기가 산더미처럼 쌓인 점심 한정 산더미갈비탕도 지나칠 수 없다.
서울특별시 마포구 서강로 71

02-336-9371</td>
</tr>
</table>

양고기

<table>
<tr>
<td>홍대본점</td>
<td>이치류</td>
<td>홋카이도에 가지 않아도 제대로 된 칭기즈 칸 불판에서 제대로 된 양고기를 부위별로 즐길 수 있는 곳. 서울에 양갈비의 참맛을 본격적으로 소개한 주인장의 자부심이 느껴진다.
서울특별시 마포구 잔다리로3안길 44

02-3144-1312</td>
</tr>
</table>

돼지갈비

<table>
<tr>
<td>성산왕갈비</td>
<td></td>
<td>신선하고 맛있는 생돼지갈비구이를 부담 없이 먹을 수 있는 식당이다. 회식이나 모임을 하기에 부담이 없고 육향이 좋아서 밥이나 술과도 잘 어울린다.
서울특별시 마포구 월드컵북로 233 성산시영아파트 내 상가 2층

02-306-2001</td>
</tr>
</table>

생등심

<table>
<tr>
<td>대치정육식당</td>
<td></td>
<td>생등심을 말하자면 이 집을 빼놓고 말할 수 없다. 버드나무집, 통일집 등과 함께 서울 5대 등심집으로 꼽히며, 가격은 불편하지만 맛은 천국이다.
서울특별시 강남구 역삼로 450

02-557-0883</td>
</tr>
</table>

육사시미와 안창살

배꼽집

예약과 동시에 수량을 확인하는 집. 안창살은 수량이 적어서 물량 확보가 어려우니 꼭 물어볼 것. 반찬과 식사 메뉴 모두 평균 이상 이고 육사시미는 입에서 살살 녹는다.

서울특별시 강남구 강남대로128길 22

02-539-3323

안심과 탕평채

우진가

안심구이가 끝내주는 집으로 와인과의 마리아주가 환상이다. 고기를 직접 구워주는 직원의 솜씨가 예사롭지 않다. 함께 나오는 탕평채는 끝없이 들어가며 식사도 수준급이다.

서울특별시 서초구 법원로4길 32 지하 1층

02-537-4234

갈비살과 육회비빔밥

청담점 | **영천영화**

인생 갈빗살을 이곳에서 만났다. 육회비빔밥이 정신을 쏙 빼 놓는다. 한우 전문점답게 질 좋은 고기를 만날 수 있다. 맛있는 고기란 이런 것이다.

서울특별시 강남구 도산대로90길 3

02-3442-0381

돼지갈비

조박집

서울 돼지갈비집의 터줏대감으로 동치미국수와 곁들이는 양념돼지갈비의 맛이 식욕을 자극한다. 노포의 옛 맛과 정취가 고스란히 살아 있는 집이다

서울특별시 마포구 토정로 313-1

02-712-7462

습식 숙성와규와 이베리코돼지고기

본점 | 육갑식당

내가 사랑하는 고기집 중 한 곳. 호주산 블랙라벨 와규의 촉촉한 식감과 풍부한 육향, 도토리를 먹여 키운 이베리코의 풍부한 고기 맛이 고기 마니아를 흥분시킨다.

서울특별시 서초구 방배중앙로 166

02-596-9292

제주 삼겹살

잠수교집

제주 삼겹살구이도 유명하지만 한 상 차림에 나오는 반찬으로 더 유명하다. 자리가 없어서 늘 만석이며 순두부찌개와 맑은명란탕도 맛있는 술꾼들의 성지. 들어가면 못 나온다.

서울특별시 용산구 장문로 81

02-749-0434

갈매기살과 막창

고창집

정말 오래된 단골집으로 친구들과 막창에 양송이를 듬뿍 얹어 구워 먹으면 속말이 줄줄 나온다. 뚝배기에 나오는 기본 김칫국도 진미다. 갈매기살은 담백하지만 자리는 불편하다.

서울특별시 종로구 돈화문로11가길 7

02-766-4263

흑돼지육겹살과 목살

교대점 | 육통령

대한민국 돼지고기가 제일 맛있는 것 같다고 읊조리게 되는 식당. 숙성 돼지고기는 말할 것도 없고 김치찌개 또한 예사롭지 않다. 이 둘의 조합이 합쳐지면 무슨 말이 필요할까?

서울특별시 서초구 반포대로20길 69

010-3942-8592

차돌삼합

삼성타운점 │ 진대감 강남역

한우 1++와 키조개관자, 버섯을 곁들여 먹는다. 미식가들의 조합이라 불리지만 너무 빨리 사라지는 고기 때문에 슬픈 집이다. 혼자서 3인분은 거뜬하다.

서울특별시 서초구 서초대로78길 50 2층

02-587-0073

특양구이와 대창구이

청춘구락부

양대창구이를 먹을 줄 안다면 필시 고기 고수다. 양대창의 까다로운 맛과 분위기 그리고 즐거움까지 모두 담아낸 고수가 차린 맛집이다. 냉면도 꼭 맛보길 추천한다.

서울특별시 마포구 토정로 308

02-702-1399

돼지왕갈비와 진주냉면

경동한우

일단 믿고 먹는 분위기의 정육식당이다. 고기와 냉면의 조합을 고려한 가족 모임을 준비할 때 이만한 장소도 드물다. 자다가도 생각나는 맛이다.

서울특별시 동대문구 고산자로 421

02-962-0962

갈매기살

부산갈매기

달걀물을 불판 가장자리에 둘러주고 갈빗살과 파채를 곁들여 술잔을 비운다. 대폿집 분위기의 고깃집으로 직장인들에게 향수를 불러일으킨다. 먹고 나면 물이 엄청 당긴다.

서울특별시 마포구 도화길 48-3

02-718-5462

최대포	마포진짜원조	

돼지소금구이와 껍데기

죽염소금과 시골참기름, 신선한 목살구이의 삼박자가 훌륭하다. 생고기구이를 좋아하면 당연히 방문해야 할 식당. 돼지껍데기는 야들야들하고 촉촉하며 소스 또한 최고다.

서울특별시 마포구 마포대로 112-4

02-719-9292

정담은보쌈	

흑돼지보쌈과 새싹쟁반국수

보쌈 좀 먹어본 사람들도 이 집의 보쌈을 먹으면 고개를 끄덕인다. 특히 전통주의 마리아주, 곁들임국수까지 주인장의 섬세함과 정성이 그대로 녹아 있다.

서울특별시 관악구 남부순환로 1661

02-888-8401

서초직영점	시래옥	

시래기갈비찜

시래기밥과 갈비찜, 단정한 나물 반찬이 포근한 집밥 같은 느낌을 준다. 불고기뿐만 아니라 시래기를 곁들인 다양한 메뉴들이 있어 모임 장소로 제격이다.

서울특별시 서초구 서초대로 330

02-522-9977

돌솥설렁탕	더큰집	

설렁탕과 갈비찜

설렁탕이 맛있는 집들은 많지만 한우갈비탕의 맛을 한결같이 지켜내는 집은 흔하지 않다. 모든 탕과 식사 메뉴가 오랜 단골의 사랑을 받는다. 늦은 저녁에도 식사가 가능하다.

서울특별시 강남구 도산대로 176

02-3443-3678

곱창구이

맛
집
곱
창
구
이

마늘곱창구이는 곱창을 처음 먹는 사람도, 곱창을 좀 먹어본 사람
도 모두 반하게 만든다. 곱창의 끝은 역시 볶음밥. 순곱창을 추가
해서 부족함 없이 먹어야 후회가 없다.

서울특별시 서초구 방배천로2안길 23

02-521-9667

제육볶음 쌈밥

농
부
쌈
밥

쌈 채소에 곁들이는 매콤한 제육볶음과 강된장은 최강의 조합이
다. 특히 가격대비 만족도가 높아 젊은 연인과 학생에게 인기가
높다. 이런 밥집이 많았으면 좋겠다.

서울특별시 동작구 사당로30길 19

02-521-8005

파불고기

십
원
집

연탄불에 초벌구이해서 나오는 파 불고기는 이곳의 마약소스와
곁들여 쌈으로 즐기면 제격이다. 고추장불고기도 인기가 많은데
단골은 비빔국수에 고기를 곁들여 먹는다.

서울특별시 관악구 봉천로 521

02-873-0057

장터국밥과 석쇠불고기

시
골
집

종로의 오래된 여인숙을 음식점으로 운영 중인 국밥집이다. 문어
숙회와 석쇠불고기로 안주를 대신하고 가마솥에서 종일 끓인 장
터국밥이 술국을 대신한다. 노포의 맛이 살아 있다.

서울특별시 종로구 종로11길 22

02-734-0525

백반정식

다 담 정 식

결정 장애가 있는 현대인에게 알아서 메뉴를 챙겨주는 백반집은 오아시스 같은 곳이다. 그중에서도 이 집은 소박한 가정식 같은 맛을 내는 직장인들의 성지로 유명하다.

서울특별시 종로구 청계천로 35

02-739-6897

오징어제육볶음

제 순 식 당

불 맛 가득한 오제볶음(오징어제육)은 성신여대 앞의 최고 맛집이 되었다. 직화로 굽는 주꾸미, 간장불고기 등이 찌개와 궁합이 좋다. 착한 가격에 맛도 좋은 식당.

서울특별시 성북구 동소문로22길 29-7

02-927-2007

돈가스

정 돈

일단 먹어보면 수준이 다른 돈가스라는 것을 알게 된다. 한정 수량의 스페셜돈가스는 미리 주문해놓지 않으면 맛볼 수 없다. 새우튀김카레도 별미다.

서울특별시 종로구 대학로9길 12 지하 1층

02-987-0924

돼지갈비와 목살

대 성 갈 비

옛날에 먹던 돼지갈비 맛을 그대로 느낄 수 있는 곳. 신선한 돼지갈비를 하루치만 양념에 재워 당일에 모두 소진한다. 양념 맛이 진하지 않아 육즙을 풍부하게 느낄 수 있다

서울특별시 성동구 서울숲4길 27

02-464-3012

선지해장국

어머니대성집

모둠수육에 잔을 맞대고 꼬치산적에 반주를 곁들이고 해장국에
하루의 끝을 맡길 수 있는 전천후 밥집 겸 술집. 애주가의 마지막
코스로 저녁부터 늦은 새벽까지 문을 연다.

서울특별시 동대문구 무학로43길 44

02-923-1718

내장탕과 곱창전골

중앙해장

한 번도 먹어보지 않은 사람은 있어도 한 번만 먹은 사람은 없다
는 곱창전골의 전설이 있는 곳이다. 개인적으로 이 집의 내장탕과
해장국도 흠잡을 데가 없다고 본다.

서울특별시 강남구 영동대로86길 17

02-558-7905

곤드레나물밥과 석쇠불고기

곤드레집 본관 | 청계산

지역 주민이 좋아하는 밥집 중 한 곳으로 들기름 향이 가득한 곤
드레밥과 부드러운 석쇠불고기가 조화롭다. 기본 찬이 모두 맛있
는데 특히 두부가 맛있어서 리필은 기본이다.

서울특별시 서초구 청룡마을1길 1

02-574-4542

추어탕

메기매운탕 | 남원골추어탕

전라도 남원식 추어탕의 구수한 맛이 돋보인다. 미꾸라지 특유의
냄새가 전혀 나지 않아 밥 한 그릇 말아 먹으면 정말 맛있다. 남도
의 맛이 살아 있는 반찬도 훌륭하다.

서울특별시 서초구 법원로2길 15

02-594-1120

이천 쌀밥정식

고
미
정

갓 지은 따뜻한 쌀밥이 먹고 싶을 때 가는 식당. 특별한 날엔 고사리소불고기정식이나 간장게장정식을 주문한다. 개인적으로 쌀밥정식에 생선구이를 곁들여 먹는 걸 좋아한다.

서울특별시 서대문구 연희로26길 24

02-324-0016

낙지볶음과 연포탕

해
남
낙
지

목포 산낙지로 만드는 낙지볶음과 두루치기는 이미 주변 상인과 택시기사에게 소문이 자자하다. 음식에 어느 정도 내공이 있는 사람이라면 참새 방앗간 같은 밥집이다.

서울특별시 중구 을지로43길 9 지하 1층

02-2278-4162

청국장과 오징어볼백

우
성
식
당

건대 앞 영양돌솥밥으로 유명한 기사식당. 저렴한 가격, 오랜 시간 내공이 쌓인 청국장과 요리가 밥맛을 돋운다. 집 가까이에 이런 식당을 둔 사람들이 부럽다.

서울특별시 광진구 자양번영로 60-1

02-453-4636

청국장과 김치찌개

우
리
식
당

청국장의 강렬한 맛과 향기가 끝내주는 집으로 저렴한 가격이 염려될 정도다. 김치찌개도 맛있다. 한 그릇 먹고 나면 오늘 하루 열심히 살아야겠다는 다짐을 하게 된다.

서울특별시 중구 마른내로6길 15

두부 요리

황금콩밭

두부 요리를 전문으로 하는 두부 명가. 두부젓국은 시원하고 달며 두부보쌈은 고소하고 감칠맛이 돈다. 비 오는 날에는 두부전골도 좋다.

서울특별시 마포구 굴레방로1길 6

02-313-2952

보리밥

옥천집

보리밥에 비벼 먹는 청국장과 김치찌개가 유명하다. 입에 착 달라붙는 나물과 함께 한 상 가득 소박한 맛이 채워진다. 허전할 땐 제육볶음을 주문할 것.

서울특별시 양천구 목동로21길

매일 매일
디저트

소 나

샴페인슈가볼, 프로마주블랑, 아이스크림 등
꽃보다 아름다운 디저트를 코스로 먹을 수 있
는 곳. 커피와 차 외에도 스파클링 와인도 준
비되어 있다.

서울특별시 강남구 강남대로162길 40 201호
02-515-3246

뒤 자 미

가로숫길의 터줏대감인 이곳은 캐러멜소금케
이크와 딸기생크림케이크의 성지로 불린다.
순수 100% 동물성 생크림을 사용해 달지 않
고 입에서 사르르 녹는 맛이 좋다.

서울특별시 강남구 도산대로11길 28
02-3443-0030

마 애

프랑스식 퓨전 디저트를 맛볼 수 있다. 망고와
바닐라크림이 올라간 레그죠, 마스카르포네
크림이 듬뿍 든 밀푀유바니는 꼭 한번 맛보길
추천한다.

서울 서초구 사평대로22길 14
02-749-1411

트 리 아 농

아름다운 공간, 고급스러운 식기, 맛있는 디
저트가 최상의 맛과 멋을 제공한다. 3단 트레
이에 나오는 애프터눈티세트는 모두의 마음
을 사로잡는다.

서울특별시 강남구 학동로59길 43
070-8129-5955

마 마 롱

제주 애월의 핫 플레이스이자 에클레어 마니
아들의 순례 코스. 개인적으로 퓨어다즐링티
와 티라미수의 조합을 좋아한다. 평화롭고 목
가적인 분위기는 서비스다.

제주특별자치도 제주시 애월읍 평화로 2783
064-747-1074

지 미 지 니 팍

부산에서 유명한 마카롱집이다. 전국의 마카
롱이 평준화되어 가는 요즘, 세련되고 고급스
러운 맛과 모양을 유지한 로컬 베이커리 카페
가 있어서 행복하다.

부산광역시 부산진구 서전로38번길 43-8
050-8099-0437

메 종 엠 오

매장에는 종일 고소한 버터 향기가 나고, 갓
구운 피낭시에와 마들렌은 식기도 전에 팔린
다. 오오츠카 테츠야, 이민선 부부 파티시에가
끊임없이 세련된 과자와 케이크를 선보인다.

서울특별시 서초구 방배로26길 22
070-4239-3335

오 뗄 두 스

디저트 장인 정홍연 파티시에를 빼고 오늘날
의 디저트를 논할 수 없다. 에클레어와 밀푀유
가 시그니처 메뉴지만 크렘당주, 얼그레이푸
딩도 맛있다.

서울특별시 서초구 서래로10길 9
02-595-5705

파 티 세 리 도 효

헬시 디저트를 추구하는 도효는 딸기티라미
수, 녹차밤, 당근케이크 등 제철 채소와 과일
을 이용한 예쁘고 풍성한 맛의 케이크를 만든
다. 선물용으로 인기가 좋아 예약은 필수다.

서울 송파구 오금로16길 10
02-412-2049

참 좋 다

SNS의 인기 디저트 테린느의 원조 디저트 카
페이자 베이킹 스튜디오. 흑임자몽블랑, 까눌
레, 테린느가 유명하고 롤케이크도 맛있다.

서울특별시 성북구 성북로10가길 8-4
010-9297-3039

먹으면서 먹는 얘기할 때가 제일 좋아

초판 1쇄 발행 2018년 12월 14일 초판 2쇄 발행 2019년 2월 7일

지은이 정신우
펴낸이 연준혁

출판 2본부 이사 이진영
출판 6분사 분사장 정낙정
책임편집 조현주
디자인 강경신
일러스트 SF소년단

펴낸곳 (주)위즈덤하우스 미디어그룹   출판등록 2000년 5월 23일 제13-1071호
주소 경기도 고양시 일산동구 정발산로 43-20 센트럴프라자 6층
전화 031)936-4000   팩스 031)903-3893   홈페이지 www.wisdomhouse.co.kr

값 12,000원
ISBN 979-11-89709-12-9 02810

국립중앙도서관 출판시도서목록(CIP)

먹으면서 먹는 얘기할 때가 제일 좋아 / 지은이: 정신우. ―
고양 : 위즈덤하우스 미디어그룹, 2018
  p. ; cm

ISBN 979-11-89709-12-9 02810 : ₩12000

맛집
미식[美食]

594.019-KDC6
641.013-DDC23   CIP2018039296